D E A R + N O V E L

その瞬間、僕は透明になる

松前侑里
Yuri MATSUMAE

ディアプラス
DEAR
NOVEL 072
文 BUNKO 庫

新書館ディアプラス文庫

S H I N S H O K A N

その瞬間、僕は透明になる

目次

イラストレーション／あとり硅子

その瞬《と》間《き》、僕は透明になる

1

『川は異界に通じる場所だから、ぼんやり突っ立ってるとさらわれるぞ』

映一《えいいち》はまじめな顔でそんなことを言う。

だから、ケンカをして飛び出すと、マンションの前を流れる神田川《かんだがわ》に架《か》かる玉姫《たまひめ》橋の上にやってくる。

橋桁《はしげた》の大きなアーチが水面《みなも》に映り込み、みごとな円を描くことから、日輪《にちりん》橋とも呼ばれているらしい。親柱《おやばしら》の塔のアンティークなランプも洒落《しゃれ》ていて、なにやら伝説めいた話もあるらしく、神田川の数ある橋の中でも、とくに映一のお気に入りだった。

この橋の上から姿を消したら、少しは淋《さび》しいとか悪かったとか思ってくれるかもしれない。

そんな甘ったるい期待を抱いて、いつも水の流れを見つめる。

無駄な期待だということはわかっているけれど……。

「映の仕事オタク……」

情けない声でつぶやいて、泉《いずみ》はカニタマの小さな茶色い頭に唇をつけた。

素朴な茶トラ模様だが、すらりと手足が長く、透き通った金色の目が涼しげな美形猫で、子供の頃からおっとりと静かな性格だった。ふだんは室内で飼っているが、こんなふうに外に連れ出してもおとなしく抱かれている。

ほっそりとしなやかな身体や、明るい茶色の瞳と髪の色が似ていると言って、映一は泉とカニタマを兄弟扱いするので、家出のときには必ず道づれにする。

もちろん兄弟ではないけれど、泉とカニタマはセットで映一に拾われたのだった。

透明な黄水晶《シトリン》の目を覗けば、映一との出逢いが映画のように浮かんでくる。

名前の由来も、黄色い毛をしているからではなく……。

「な、なに？　もう帰りたくなったのか？」

現実逃避の思い出に浸《ひた》ろうとしたが、むずかるように身体をよじるカニタマに、泉はあきらめたようにため息をついた。

九月も終わりに近づくと、残暑の熱気も消え去り、夏でも涼しい川風は家猫には冷たく感じるのかもしれない。

「……わかったよ。帰ろ」

馬耳東風《ばじとうふう》、暖簾《のれん》に腕押し、柳に風。

どうせこんなところにいても、迎えに来てくれるわけじゃなし……。

胸の中でつぶやいて、恨めしげに川沿いのマンションの五階を見上げる。

自分を拾ってくれた男は今頃、本だらけのリビング兼書斎で異世界にトリップしているはずだ。

暮らし始めて五ヵ月になる恋人は、泉の通う文京区《ぶんきょうく》にある私立大学の民俗《みんぞく》学の講師だが、泉に言わせれば単なる妖怪オタクである。

妖怪、物《もの》の怪《け》、異人、異界……この世に存在しないものを日々追いかけている。

趣味と実益を兼ねた、浮世離れした仕事を映一はこの上もなく愛していて、それは泉が本気で嫉妬の対象にしてしまうほど映一の心を大きく占めているのだった。

今回のケンカの原因もまさにそれだった。冬休みに東北に温泉旅行をしようと誘ってくれたので、泉は大喜びしていたのだが、よく聞いてみると調査を兼ねているらしいことがわかった。

「おれ、またあいつらに負けんのかな……」

食事の支度も、掃除も洗濯も……夜の相手をしてるのだっておれなのに……。

見えない妖怪なんかに、生身の恋人の自分が負けるなんて悔しい。

家から目と鼻の先の橋の上が家出先なのは、どのみち自分で気を取り直して戻るしかなく、遠くへ行くと面倒《めんどう》だし惨《みじ》めなので、近場ですませることにしているのだった。

すごすごと戻ると、映一はなにごともなかったように迎えてくれる。でも、なだめたり謝ったり、ましてや迎えに来るなんてことはない。信頼関係といえば聞こえがいいが、映一は自力で仲直りするなど時間の無駄だと思っているらしい。

というより、端《はな》からケンカをしているという意識がないのかもしれない。自分ひとりがケンカをしたつもりで、怒って家出をして、ひとりで気持ちを鎮《しず》めて戻ってくる。ようするにひとり相撲《ずもう》なのだ。

「おれってカワイソー……」

空《むな》しい期待をため息といっしょに川に投げ込むと、泉はカニタマを抱え直した。

「あ……」

腕の中のカニタマが、するりとすり抜けて橋を反対岸に向かって走りだした。

橋の向こうは道路で車の行《ゆ》き来《き》が激しい。急に猫が飛び出してきても、車は止まってはくれないだろう。

「カニタマっ、そっち行っちゃだめだっ」

いったいなにを見つけたのか、カニタマは止まらず駆けてゆき、泉はあわててあとを追った。

「カニタマっ、危ないいっっ」

泉は、道路に飛び出したカニタマしか見ていなかった。

気づいたときには、目の前に大きなトラックがアップで迫ってきていた。

「うわっっっ…」

がばりと跳《は》ね起《お》き、同時に自分のあげた声に驚いて目をぱちぱちとさせる。

「う、うそ……今の夢？」

泉は左胸を押さえ、大きく息を吐き出した。目の前に迫っていたシーンのせいで、心臓がどきどきいっている。

「死ぬとこだった……」

夢でよかった。目が覚めてよかった。

泉は脱力し、ずるずると枕にもたれかかった。

ちらりと隣を見ると、映一が引き締まった背中を見せ、うつぶせて熟睡しているのが見えた。

「あれ？　ケンカしたのって……？」

見たばかりの夢と現実が混ざりあって、一瞬時間の感覚がおかしくなる。泉は綿毛布《めんもうふ》をつかんだまま瞳を泳がせた。

映一と同じ、自分も裸で寝ていたことに気づき、「昨夜《ゆうべ》……したっけ？」と自問する。

それほど夢をはっきり覚えているほうではないのに、今日のは映画みたいに鮮明だった。

目覚める瞬間のトラックにぶつかりそうになったシーンはともかく、ぼんやりと灯《とも》っていた親柱のランプの色や、橋の上で感じていた情けない気持ちまでが生々しく残っている。

動悸《どうき》が少し治まると、今度は胸がぎゅっと痛くなり、泉は映一の後ろ頭をにらみつけた。

エッチした夜にこんな夢見させるなんて、あんたの愛が足りないからじゃないの？

「旅行のことだけは、絶対にあいつらに譲らないかんなっ」

泉は、呑気《のんき》に眠り込んでいる映一の後頭部に枕をぶつけようとしてやめ、ため息をつきながらそっとのせた。


「なに……これ？」

着替えるために自分の部屋のドアを開けたとたん、泉は口を半開きにして固まった。

机に広げていたはずの、課題のパネルと絵の具がない。筆も絵の具を溶く菊皿《きくざら》も、筆洗《ひっせん》代わりのジャムの瓶《びん》もない。床に積み上げていた教科書や画集も消えている。

というより、これは自分が持ち込んだ机ではなく、寝室に移動させたはずの映一の机だ。

「なんでだよ……」

そう、ここはまるで、自分が転がり込む以前の映一の書斎だ。つまり、自分の荷物だけがきれいに消えているということで……。

クロゼットを開くと、やはり服が一枚もない。下着も靴下もハンカチもない。

泉は裸のまま、映一の眠っている部屋に走っていった。

映一は、さっき泉が頭に枕をのせた状態でまだ眠っている。

「映っ、ちょっと起きてよっ」

泉は部屋のカーテンを全開にすると、枕を退《ど》け、映一の両肩を激しく揺すった。

「あんだよ……うるせーなぁ」

やっと目を覚ました映一は、眠そうな、いや、うざったそうな声で言った。

映一らしからぬ態度に、泉は眉をひそめた。

「おれの荷物どこやったんだよ」

「荷物ぅ？」

映一は朝日に目を眇《すが》めながら、訝《いぶか》しげに泉を見た。そして、

「おまえ誰だ？」

と言った。


いったいなんの魂胆《こんたん》か、それとも新手《あらて》の悪ふざけなのか……。目を覚ました映一は、なぜか別人のようになっていた。

「昨夜飲みには行ったけど……俺、そんなに酔ってたっけか」

酒のせいで間違ってナンパして、間違って寝てしまったとでも言いたいんだろうか。

「そんな妙な言い訳しないで、文句があるなら言えばいいだろ」

なにも言ってもらえないよりは、文句や不満をぶつけられるほうがずっといい。

「それより……すっぽんぽんでどうやってここまで来たのか説明してくれないか」

「来たんじゃなくて、いたんだろっ」

「なんだこれ……まだ夢見てんのかな」

映一は額を押さえて頭を振った。

「ほんとにおれのこと知らないの？」

寝ているあいだに記憶喪失になる、なんてことがあるんだろうか？　泉は心配そうに映一の顔を覗き込んだ。

「お互いさまだろ？　昨夜会ったばかり……ていうか、会ったことさえ覚えてないのに」

額を押さえたまま、眉を寄せて泉を見る。

芝居とも思えない、本気で嫌がっている表情に泣きだしそうな怒りが湧《わ》いてくる。

「おれは覚えてる。映のことならなんでも知ってる。絶対に忘れたりしないっ」

必死に訴える泉に、映一の切れ長の目が冷めた視線を向ける。

「じゃ、教えてもらおうか」

泉は小さく息を吸い込み、吐き出した。

「荻島《おぎしま》映一、二十八歳。職業は東峰《とうほう》大学文学部の民俗学の講師。ライフワークは異界とその境界、それらにまつわる伝承文学の研究。趣味は妖怪の…」

「もういい。わかった。なるほどね……」

なにがなるほどなんだよ。したり顔の映一を、泉はしらっとした目で見た。

「君は俺の本の読者なんだ。ちょこっとばかり売れたりしたからな……。で、著者近影の俺を見て…」

「おれ、べつに映の本のファンじゃないし、ストーカーでもないからなっ」

泉はむきになって言い返した。

「たしかに、ストーカーとしてはリサーチ不足だな。俺の職場は女子大だ」

「なに言ってんだよ。なんでだよ⁉」

「女子大なら、生徒とおかしなことになる心配がないからだよ」

「生徒とはもうおかしなことになってるじゃんっ」

「もしかして、君とってことか？」

映一は、ふふんと鼻で笑った。

「面白い妄想だが、俺はそんな危ない遊びは絶対にしないんだよ」

「映はそんなこと気にするやつじゃないだろ。おれとつきあってるし、いちばん最初の本の中で思いっきりカミングアウトしてるじゃん」

「親にも隠してるのに、わざわざ職場にバレるような真似する馬鹿がいるか？　だいたい、うちはお堅《かた》いお嬢さん学校なんだ」

「どうしたんだよ。恋人の顔だけじゃなくて、自分の職場まで忘れ…」

言いかけて、泉はキッと映一をにらんだ。綿毛布を羽織り、リビングに走っていく。そして、天井まで届く棚の真ん中あたりを見上げた。

柳田國男《やなぎたくにお》や折口信夫《おりくちしのぶ》の全集。日本昔話や民話、説話の本。古事記《こじき》、万葉集《まんようしゅう》、日本霊異記《にほんりょういき》……そして、尊敬してやまない漫画家の妖怪全集。妖怪、幽霊、異人、異界……タイトルにそんな単語のついた本がぞろぞろ並んでいる。

見慣れた風景の中から、泉はその本を簡単に見つけ出し、急いで寝室に戻ってきた。

「これが証拠だよっ」

手にしているのは、映一の初めての著作である『もののけ王子の異界案内』だ。

「あれ……？」

人気を博《はく》したアニメ映画のタイトルから、女生徒たちが映一につけたあだ名をそのまま使ったのだが……。

本の厚みも背表紙の色も書体も同じなのに、タイトルが少し違う。

「『女子大生のための異界案内』？　続編……なんかまだ出してないよね」

泉は、急いで著者紹介のページを開けた。

著者近影の下の経歴には、聖慶《せいけい》女子大学の日本文化学科の講師とある。

「嘘だ……この本、印刷間違ってる」

「印刷の間違いじゃなく、読み違いだ」

「おれ、この本……中身は読んでないけど……編集の人が持ってきた、ゲラってやつ？　あれで著者の紹介文、ちゃんと読ませてもらったんだかんなっ」

「やけに具体的な嘘だな」

うんざりしている顔に、なにを考えているのかわかる。どうせ、勝手に夜中に本棚を物色《ぶっしょく》したとでも思っているんだろう。

「て、なんでだよ⁉」

泉は両手でこめかみを押さえ、肩から綿毛布が床に落ちた。

「わかった。落ちつけ。とりあえず…」

「とりあえずなんだよっ」

嚙《か》みつきそうな泉に、映一はため息をつきながら「朝メシにしよう」と言った。


映一は近所のコンビニで、泉の下着とふたりぶんの朝食を買ってきた。

泉は下着を着け、映一のセーターとジーンズを借りて着た。タイトなタイプのものを選んでくれたのに、身長と筋肉の違いが露骨《ろこつ》に出てしまって情けない。

それに……。

テーブルの上にあるのは、コンビニのパンと惣菜《そうざい》、インスタントコーヒーという、自分がいっしょに暮らし始める前の、映一のシンプルで味気ない朝食のメニューだった。

「とにかく、これ食ったら消えてくれ」

「手切れ金!?」

差し出された一万円札を見て、泉は声をひっくり返した。

「おまえ、そんなに安いのか？　家に帰る交通費に決まってるだろうが」

映一は呆《あき》れ顔で、札を泉の前に置いた。

「大学あるのに、鎌倉《かまくら》になんか帰れないよ」

「どこに帰るのも自由だが、ここに来るのはもうこれっきりにしてくれ。服も金も返さなくていいから」

「帰るって、おれもう五ヵ月近くもここに住んでんだよ」

「君がどういう妄想を抱くのも自由だけど、それにつきあう義務は俺にはないから」

映一はうんざりした顔で、サンドイッチの袋を破った。

絶対におかしい。どう考えてもこれは映一のキャラじゃない。もちろん、こんな演技ができるような器用な性格じゃない。

顔も声も映一そのものなのに、言葉遣《づか》いや口調がぜんぜん違う。表情も仕草も違う。

もしかして、物の怪だの妖怪だのの研究をしてるうちに、なにかよくないものに取《と》り憑《つ》かれたんじゃ……。

いや、それしか考えられない。

泉はすくっと立ち上がると、キッと映一をにらみつけた。そして、まっすぐに腕を伸ばして映一の顔を指さした。

「おまえは誰だ」

映一は一瞬呆気《あっけ》にとられ、それからそっちこそ誰だと言いたげに泉を見た。

「この男は俺の恋人なんだよ。誰だか知らないけど、映の中から出てってくれ」

そんなもの信じていないけれど、なんでも受け入れてしまう映一ならありえるかもしれない。

泉は映一の目の中をじっと見つめた。

が、映一は肩で息をつくと、泉のほうへ回り込んできた。

「悪いけど、俺、あとくされのあるタイプは困るんだ。昨夜は……覚えてないけど、きっと楽しかったんだよな。ありがとう」

そう言って泉の唇にキスをした。が、すぐにしらっとした目で泉を見た。

「おまえが出ていけ」

そう言われて玄関に追いやられたが、服と同様に靴もなくなっていた。

「追い出すつもりなら、靴くらい置いといてくれてもいいだろっ」

叩きつけるように言うと、映一のおやじサンダルといっしょに放り出されてしまった。

こんなに宇宙は広いのだから、異星人は絶対にいると思う。

でも、映一の大好きな妖怪やお化けは、人間の恐怖心や想像力が生み出したもので、現実にいるとは思えないし、思いたくもない。

でも……。

映一の豹変《ひょうへん》ぶりは、なにかに取り憑かれたとしか思えない。

気の利《き》かないところはあるけれど、おおらかでやさしいのが映一の基本的な性格で、声を荒げたり人を怒鳴りつけるなんてことはありえない。

だいいち、仕事以外のことはいたって適当な映一が、ひと晩のうちに持ち物をきれいさっぱり処分するなんて不可能だ。

映一になにが起きたのかわからなかったが、自分で原因をつきとめなくてはいけないことだけはわかっている。

「拾ってくれた人に、こんなふうに捨てられるとはね……」

ため息をつこうとして、泉はあっと声をあげた。そういえば、部屋の中にカニタマの姿がなかった。ショックの連続で気づかなかったけれど……。

「まさか、荷物といっしょに捨てた……とか？」

泉は首を横に振った。

あんなに可愛《かわい》がっていたのだから、それはありえない。

そんなこと絶対にしないよね？

映一の大きなサンダルをずるずるいわせ、何度もマンションの五階を振り返りながら、泉は橋を渡っていった。


まず、ディスカウントショップでスニーカーとパンツとシャツを買い、サイズの合わない借り物と取り替えると、商品の入っていた紙袋に入れた。玉姫橋から神田川に投げ捨ててやろうかと思ったが、できなかった。

それからすぐに、つり銭《せん》の百円玉で実家に電話をかけた。

逃げ出すような気持ちで東京に出てきたので、泣きつくのは悔しい気がしたが仕方ない。携帯電話が服や荷物といっしょに消えてしまったので、暗記している番号といえば実家のものだけだった。

『奥沢《おくさわ》でございます』

聞き慣れた母の声に、泉はほっと息をついた。が、母は久しぶりに聞く息子の声にも『泉』という名前にも反応しなかった。

「母さんまさか、たった半年で三男坊のこと忘れちゃったんじゃないよね？」

『あの……どちらさまでしょう？　うちには三男はおりませんけど』

冗談と皮肉をこめたつもりが、まじめな声で返され、泉は思わず蒼《あお》くなる。

「と、東峰大学の芸術学部に通ってる息子がいるでしょう？」

『どちらかのお宅と間違われてるんだと思いますわ。うちの子供たちはもう社会人ですし、ふたりとも医大でしたから』

母の言葉が自分の存在を否定する、というより抹殺《まっさつ》する言葉に聞こえ、泉はあわてて受話器を置いた。

「絶対に……なんかの間違いだよな」

声はたしかに母のものだったが、泉は実家に戻って確かめずにはいられなかった。

また母に三男はいないと言われたらどうしようかと思ったが、はいそうですかですまされることではなかった。


「ただいま」

毎日自分を迎えてくれていた、門からつづく飛び石、サツキの植え込み、玄関の扉。そして、聴き慣れた呼《よ》び鈴《りん》の音。半年ぶりに戻った我が家の、なにひとつ変わらない佇《たたず》まいに、泉はほっと息をついた。

けれど……。

「勉《つとむ》か学《まなぶ》のお知り合いかしら？」

兄の名前はそのままなのに、出てきた母は、自分のことをまるで知らない人間のように言った。冗談で惚《とぼ》けているとは思えなかった。

泉が三男がいるはずだと言うと、今朝の電話の主だと気づいたらしく、表情を固くした。

「ごめんなさいね。今、来客中だから……」

母の口から、しつこいセールスや勧誘が来たときの決まり文句が出たので、泉は「家、間違えたみたいです」と言って走って逃げた。

玄関に客の靴はなかった。

子供の頃から何度も母が口にするのを聞いていたけれど、自分が向けられてみると、ここから先に入らないでと線を引かれたようでショックだった。

歩いて数分で父の病院へ行くこともできたが、勇気がなかった。父や兄に、べつの病院を紹介されたりしたら立ち直れない。

駅に向かう途中、幼い頃から知っている近所のおばさんに会ったが、やはり気づかずに通り過ぎていった。話し好きの人で、捕まるとなかなか放してくれずに困ったものだが、こんなふうに無視されるのは淋しい。

透明人間の気持ちを、透明にならずに体験している。そんな気分だった。

「やめやめやめっ」

泉は、なにかを振り払うように首を振った。

感傷的になっていても仕方がない。

実家に戻ってきたのは、家族に会うことだけが目的ではない。

ずっといっしょに暮らしていた人たちよりも、紙切れのほうを信用するわけではなかったが、ひとつの存在の証明であることには間違いがない。泉は通っていた小学校近くの印鑑屋《いんかんや》で三文《さんもん》判《ばん》を買って役所に出かけていった。

が、自分に該当《がいとう》する名前はパソコンのデータには存在しておらず、戸籍を見る必要もなく、見ることも叶わなかった。

おまけの三男だからといって、戸籍から抜くなんてことはありえないし、できることでもない。調べるまでもなく、東京にある住民票にも名前は記載されていないだろう。

無駄だと思いながらも番号案内で大学の電話を調べ、学生課に問い合わせてみたが、奥沢泉という学生は芸術学部には在籍していなかった。

調べられることは調べた結果、なにが起こっているのかわからない、ということがわかってしまった。

ただ、映一や母がおかしくなったと思っていたのが逆だったということははっきりした。おかしくなった覚えはないが、どう考えても、おかしくなったのは自分のほうらしい。

でも、だったら、なぜ自分以外の人のことを知っているんだろう。家の場所も、大学の場所も、映一のこともはっきりと覚えている。顔も名前も知っている。ただ、相手が自分のことを知らないだけで……。

春には見事な花を咲かせる市役所の枝垂《しだ》れ桜の巨木。部活の帰りに仲間と買い食いをした、アイスと調理パンの店。朱色のポスト。バス停に置かれた色褪《いろあ》せた水色のベンチ……。

半年離れただけなのにこんなにも懐かしい、生まれ育ったこの街も、自分のことを忘れてしまっているんだろうか……。

大好きな風景を眺めながら、泉は手の中の三文判を握りしめた。

高校時代までの自分は、あることに関してだけ嘘の自分を生きていた。

親友の界《かい》にも言えず、ナンパ上手の界とつるんで、女の子にモテるのが楽しくて仕方ないという顔をしていた。

そんな自分が嫌で、東京の大学を選んで家を出た。界とも違う大学になり、今までの自分を知らない人ばかりの生活が始まったら、それを機会に思い切って本当の自分になろう。そう心に決めていた。

でも、そんなに簡単に自分を切り替えることなどできるはずもなかった。

好みのタイプの先輩や同級生がいても、本当の自分を知られて嫌われるのがこわくて、女の子が好きな普通の男子を演じつづけるしかなかった。

五月も半ばを過ぎ、恋をしないで青春が終わってしまうのかと思い始めていたとき、子猫を見つけた。

黄色い毛糸玉のような茶トラの猫が、アパートのごみ置き場でカラスにつつかれそうになっているのを見つけ、あわてて抱き上げた。

小さく温かな生き物は、大きな丸い目で泉を見上げた。その瞬間、抱えていた胸の空虚さが少し埋《う》まった気がした。

でも、アパートはペット禁止で、隣の部屋には猫嫌いの大家が住んでいた。

すぐに子猫の声を聞きつけられ、契約を解除されて部屋探しを始めたが、猫といっしょでは難しかった。

夜になり、一日飲まず食わずで歩き回っていたことに気づいた泉は、最後に訪《たず》ねた不動産屋の近くの龍龍《ロンロン》という小さな中華料理屋に入った。

ほかにも店はあったけれど、猫を連れていたので入れなかった。この店を選んだのは、入り口の脇の立て看板の下に、プラスチックの皿に入った煮干しを見つけたからだった。

暖簾《のれん》をくぐりかけたところで、カウンターの向こうの厨房《ちゅうぼう》で中華鍋を振っている、髪の毛のない五十歳くらいの料理人に声をかけた。そして、アパートを追い出されて子猫を連れているけれど、入ってもいいかと訊《き》いた。

するとと、店の人よりも先に、カウンターで食事をしている男が「いいから猫ごと入っておいで」と手招きをした。

男は二十代半ばくらいで、さっぱりとカットした黒髪と笑顔が爽《さわ》やかで、無造作に着たチェックのシャツとジーンズが、長身でバランスのとれた身体によく似合っていた。

ひと目でタイプだと思ったが、思うだけ不毛なことと学習していたので、条件反射のように消去した。

猫を抱いておずおずと入っていくと、客はその男しかおらず、年齢的に料理人の奥さんだと思われる女性が出てきて、アンパンマンみたいなふくよかな顔でにこにこと泉を迎えてくれた。そして、「招き猫は粗末《そまつ》にできないからね」と言い、カウンターの隅っこに子猫のためのミルクを用意してくれた。

予想どおりの展開に少し気が咎《とが》めたが、空腹だった泉はほっとし、丸椅子に腰を下ろしながら餃子《ぎょうざ》とチャーハンを注文した。
十五、六人くらいしか座れないL字型のカウンター席だけの狭い店内には、男が食べている餃子とチャーハンのうまそうな匂いが漂《ただよ》っていて、つい同じものを頼んでしまった。
「あ、それから、おれにもあれください。うまそー」

くつろいだ気分になって空腹感が増してきたので、男の席に運ばれてきたかに玉を見て、急

いで追加注文をした。が、これが最後なのだと言われてしまった。

「じゃあ、半分こしよう」

男が言ったので、泉は驚いて目を瞬《またた》かせた。

「あっそう、いっしょに食べるほうが趣味？」

男はさっきみたいに手招きをして、隣においでと泉を誘った。

泉が戸惑っていると、

「いいのいいの。おばちゃんは先生の正体知ってっから」

正体？　先生？　いいのいいのって？

泉は、不思議そうに〝おばちゃん〟と〝先生〟を交互に見た。

「魔性の女の魅力に落ちないはずだよねぇ」

「かなりタイプだけど、魔性のおばちゃんとしたら、取って食われそうでこわいんだよ」

「魔性の女って言っとくれ」

ふたりのやりとりに思わず笑いだす泉に、男はふわりと微笑《ほほえ》んだ。

「遠慮しないで、冷めないうちに食べな。ほんとうまいから」

泉は素直にうなずき、男の隣の椅子に移動した。

このときはまだ、ふたりの会話の意味を深く考えず、ハンサムだけど気さくで面白い人だとしか思っていなかった。

「困ってるなら俺が引き取ろうか？　うちのマンション、ペット可だから」

渡りに船だった。離れるのは淋しいけれど、猫といっしょではアパートも探せない。それに、子猫のためにもきっと……。

「よろしくお願いします」

子猫を抱き上げて手渡すと、男は不思議そうに首を傾《かたむ》けた。

「猫も？」

「えっ……」

泉とおばちゃんは同時に声をあげた。

「まぁ、いっか。一匹も二匹も同じようなもんだからな」

「あの……引き取るって」

まさか、ペット可と言ったのは自分のことだったんだろうか……。泉は、戸惑いの色を隠さず、じっと映一を見つめた。

「一応ナンパだったんだけど……通じなかったのかな」

「ナンパ……？」

「君は俺のタイプで行くとこがなくて、俺は今フリーで恋人が欲しかった。ちょうどいいと思わないか？」

「ちょっと先生、このお兄ちゃんは普通に女の子が好きなんじゃないのかい？　そんな自分勝手に話進めて…」

「どうしてわかった？」

男が男を誘う現場を初めて見て、きっと気が動転していたのだろう。おばちゃんが目をまん丸にしているのがわかったが、泉は思わず正直な疑問を返していた。

「なんとなく……かな」

そんなものなんだ。あんなに必死に隠していたことが、わかる人には〝なんとなく〟わかってしまったりするんだ。

泉はすっかり気が抜けて、身体じゅうから何年ぶんかの緊張や不安が水蒸気のように消えていくのを感じていた。

「どうする？　君が来るならこの子もいっしょに引き取るけど、君が来ないなら…」

「行くっ。いっしょに行くっ」

猫を飼ってもらいたい。でも、それだけじゃなかった。

「交渉成立。おばちゃん、ビール追加ね」

「そりゃ、交渉じゃなくて脅迫って言うんじゃないのかい？」

「交渉だよなぁ」

男の笑顔に、泉は大きくうなずいていた。

それが映一だった。

そして、このとき分けあって食べたひと皿の料理の名前から、子猫にはカニタマという名前がつけられた。

「自分ちだと思って、自由にしてて」

名前以外の自己紹介もまだなのに、あんまり簡単に部屋に上げてくれたから、速攻ベッドかと思って緊張していた。なのに、そう言ったまま、映一はダイニングのテーブルでノートパソコンを開き、やりかけの仕事を始めてしまった。

からかっているのかと思ったが、すぐにそうではないことがわかった。眼鏡をかけ、真剣な表情でパソコンに向かっている顔を見て、泉は安堵《あんど》から脱力し、ちょっとがっかりし、すぐに可笑《おか》しくなって笑いだしてしまった。

そして三十分後、勝手に見ていた本棚から著書を見つけ出し、龍龍のおばちゃんがなぜ映一を『先生』と呼んでいたのかわかった。

映一は、泉の通っている大学の講師だったのだ。しかも、著書の中でゲイであることを公表していると噂に聞いていた、文学部の名物教師だった。

自分が親友にも打ち明けられずにいることを、そんなにも堂々と表現できるなんて、どんな人だろうと気になっていた。けれど、他学部でもあったし、気にしていることを周りに悟られるのがこわくて、興味のないふりをして知ろうともしなかった。

仕事を終えた映一に、自分は東峰大の学生だと告げると、

「生徒に手を出すのはまずいから、卒業までは内緒にしとこう」

眼鏡をはずして笑った。

さほど気にしていないことよりも、知りあったばかりの自分と、そんなに長い目でつきあってくれるつもりなのかと、そのことに驚いた。

そして、その瞬間、まだ少し残っていた不安と疑いは完全に消え、映一に恋をしていた。

もしかするとそれは、卵から生まれて最初に見たもののあとをついてまわる鳥の雛《ひな》と同じ気がしたが、そんなことは泉には問題ではなかった。

本当の自分になるために越えなければいけない壁の向こうから、映一が手を差し伸べてくれた。お気楽なノリで、いとも簡単に。

単にナンパともいうけれど、泉にとってそれは、世界を変える魔法だったのだ。

だから、今も雛鳥のように映一にくっついている。はずだったのに……。


「なにやってんだよ?」

ドアにもたれて自分を待っていた泉を見て、映一は露骨《ろこつ》に嫌そうな顔をした。

「えと……これ、服と靴買ったから返そうと思って……」

わけのわからないことが起きて混乱し、朝からなにか口にするのも忘れて走り回っていたから、頭も身体もふらふらになっていた。行くあてのない泉は、身体を引きずるようにマンションに戻ってきて、映一が大学から戻るのを待っていたのだった。

「返さなくていいって言っただろ」

泉が差し出した紙袋を受け取りながら、映一は突き放すように言った。予想どおりのリアクションだった。でも、ここしか来るところがなかった。

「返しに来たんじゃないよ」

「じゃあ、なんだよ」

「わかんないのかよっ。ほかに行くとこがないんだってば…っ…」

いきなり立ち上がったせいでめまいがし、泉は映一の腕にしがみついた。

「あ、あんたはおれがおかしくなったみたいに言ってたけど……違ったんだ。世界がおかしくなってるんだよ」

肩で息をしながらすがるように見上げる泉に、映一は小さくため息をついた。

「おかしくなったやつは大抵《たいてい》そう言うよな」

「おれはなってないっ」

「おかしくなったやつが、おかしくないって証明できるならやってみせろよ」

そう言われ、一日走り回ったけれど、自分の身分を証明するものや人が見つからなかったと、泉は正直にそのままを告白した。

「戸籍がないとすると、君がいくら自分のことを正常だと言っても、警察か病院へ…」

「……！」

そこまで聞いて、泉は映一を突き飛ばしてエレベーターホールに逃げ出した。つもりだった。

が、エレベーターの扉が開いたと思った瞬間、ドアが閉まったように見え、目の前から世界が消えた。


「夢!?」

泉はがばりと身体を起こし、視界が揺らいで目を押さえた。

「こら、乱暴な起き方するな」

指のあいだから、心配そうな映一の顔が見えた。自分の知っている映一の顔だった。

「映っ。おれ、こわい夢見ちゃったよー」

映一に抱きついたが、困惑した表情《かお》で手をほどくのを見て目が覚める。

寝かされているのは、ゆったりサイズと寝心地がお気に入りの映一のベッドだったが、悪夢はまだ覚めずにつづいているらしい。

泉は身体を退《ひ》き、怯えた目で映一を見た。

「警察に報《しら》せたんだ……」

「あのな、人の話は最後まで聞け」

肩からほっと力が抜ける。警察には通報しないでくれたらしい。

「それから、空《す》きっ腹《ぱら》のダッシュはやめとけ。わかったな」

そう言うと、映一はサイドテーブルに置いていた皿を差し出した。

「こ、これ……？」

泉は目を瞬かせ、映一の顔を見た。

「近所の中華屋の出前だよ。寝言で何回も言ってたから、よっぽど食いたいのかと思ってさ」

朱色の龍が唐草《からくさ》模様のように縁《ふち》に描かれた皿も、翡翠《ひすい》色のグリーンピースがきっちり八粒のったかに玉も、龍龍のものだった。

店はそのまま存在している。でも、映一はこの料理の持つ意味も、カニタマというのが猫の名前であることも知らないらしい。

涙が出そうになり、泉はきつく唇を噛んだ。

「ここのマジでうまいのに……。食わないなら俺がもらうぞ」

映一は箸《はし》を割り、泉の手にした皿からかに玉を食べ始めた。

「食べるよっ」

泉は映一の手から箸を奪い取った。

ひと口食べるとそれは馴染《なじ》みの味で、呑み込んだとたん、じわっと涙が浮かんできた。

「泣くほどうまいか？」

泉はキッと映一をにらんだ。

「おごってやって、なんでにらまれるんだろうな」

「あの店で初めて逢ったとき、これ……ふたりで分けて食べたのに……」

「……」

きっとまた、〝やけに具体的な嘘〟だと思っているんだろう。映一は黙って泉が食べるのを見つめている。

どう思われてもいい。自分にとってはそれが真実で、情けなくて涙が出てくるのも本当なのだから……。

「あれが嘘だったっていうんなら、おれマジで頭がおかしくなったのかも……」

「いいから、なにも考えないで食え」

「こんな状況で、考えるなって言われても無理だよっ」

「のわりにはしっかり食うんだな」

「いいじゃん……これ好きなんだから」

空腹と情けなさで、泉はやけっぱちな気分になっていた。

「あれ？　なにかに似てると思ったら、おまえ……もしかして」

いっしょに食べたかに玉の味のせいで記憶が戻ったとか⁉　泉は期待のこもった目で映一を見つめた。

「思い出してくれた⁉」

「おまえ……あのときのコウモリなのか？」

「へ…？」

「風の強い日に、女子大の中庭のでっかいケヤキから、研究室に飛ばされてきたコウモリの赤ん坊だよ。しばらくスポイトでミルクやって育てて、木に戻してやっただろ？」

「……」

映一も小動物が大好きだったが、この男もそうらしい。

でも、なんでおれがコウモリ？

「じゃないとすると、研究室のホイホイにかかってたドジなヤモリのほうか？」

泉は、なんだ……という顔をした。映一がなにを言おうとしているのかわかった。専門用語は忘れたが、映一の研究材料のひとつに、人間ではない動物や異界の生き物が恩返しのために嫁入りしてくる物語がある。

イエスと言えば、嫁としてここに置いてくれるとでも言うんだろうか……。

馬鹿じゃないかと思ったが、ほかに行くあてがない。で、爬虫類《はちゅうるい》は嫌いだから、哺乳類《ほにゅうるい》のほうにする。

「コ…コウモリだよ」

泉が嫌そうな顔で答えると、映一はじっと顔を見た。

「普通は恩返しに来るんだけど、なんでおまえは迷惑かけに来たんだ？　しかも雄《オス》だし」

「それは……あ、あんたが…」

「ゲイの男のところには、ちゃんと雄の動物が恩返しに来るわけだ。なるほど」

「……」

馬鹿にされているのか、遊ばれているのかわからない。たぶん両方に違いない。急に居心地が悪くなってきて、泉は空になった皿を見つめた。

「けど、訊かれて自分から正体バラすってのも妙だな」

「えっ……そ、そうなの？」

「天人女房なんかはべつだけど、異類女房譚《いるいにょうぼうたん》に出てくる女は、正体がバレて男のもとを去っていくってのがパターンなんだよな」

しまった……。ベッドで映一が話してくれたとき、ちゃんと聞いていればよかった。

「面白いから嫁にしてやる」

面白い？　泉は怪訝《けげん》そうに映一を見た。

「あとくされありそうなタイプで、ほんとならノーサンキューだが、研究材料をみすみす逃《のが》すのは惜しいからな」

「研究って……まさか本気でおれのことコウモリだって思ってるんじゃ…」

「記憶喪失じゃない。狂言じゃない。でも、戸籍もなければ家族や学校にも属してない。世界がヘンになったんじゃないとしたら…」

「おれ、ヘンになんかなって…」

「話は最後まで聞けって言っただろ」

「……」

急いで自分の気持ちを言わなければと、すぐに焦《あせ》ってしまう。悪い癖を指摘され、泉は叱られた子供のようにうなだれた。

「俺が思うに、世界が変わったんじゃなくて、おまえがどこかべつの場所からこっち側に紛《まぎ》れ込《こ》んできたんだよ」

「ええっ!?」

それではまるで、映一が研究している異界というやつだった。

「なんか、自分の趣味に無理やり合わせようとしてない？　おれ、ふざけてるんじゃ…」

「ふざけてなんかない。おまえの言ってることをぜんぶ信じるなら、ほかに考えられないだろ」

「……」

ぜんぶ信じる。映一のひと言に、肩に入っていた力がふっと抜けた。

「なんかわかるまで、とりあえずおとなしく嫁してろ」

飼い主が見つかるまで迷い猫を預かっておく。そんなふうに聞こえ、泉はまた少し身体を固くした。

「とりあえず、正体のわからないやつ嫁にしちゃうんだ」

「面白いからいいんだよ」

「面白くないよっ。気持ち悪いよ。こわいよ。おれが異界とか妖怪とかの話苦手なの、映知って…」

知らないんだよな……。泉は唇を噛んで、空になった皿の龍を見た。

自分が生きていた世界は、架空《かくう》の動物がいるわけでも、神さまがうろうろしているわけでもない、本当に普通の現実だったのに……。

「あのさ……異界って言うから禍々《まがまが》しい感じがするけど、転校生だって都会から田舎に引っ越してきた人間だって、立派な異界からの訪問者だろ？」

「そんなこと言ってたら、海外旅行の観光客なんか、地元の人間から見たらみんな異人ってことになっちゃうじゃん」

「そのとおり。よくわかってるじゃないか。現実の中にだって、目に見えない境界線なんてそこらじゅうにあるんだよ」

泉の頭に、国境という言葉が浮かんだ。

肌や目の色の違い。言葉や風習の違い。それから、自分たちのような……。

泉は、黙って映一の目を見た。

「わかってくれたみたいだな。それじゃ、さっそく…」

「えっ、いきなりエッチしちゃうの!?」

泉は龍の皿を布団の上に放り出し、身体を退いて壁際に張りついた。

お伽話《とぎばなし》に出てくる男は、突然女房にしてくれと言ってきた女を、いとも簡単に受け入れてしまう。けれど、それは象徴的に表現された物語だからであって……。

「あのな……」

映一は前髪をかきあげながら、小さく息をついた。

「心配しなくても、嫁の仕事は夕食の後片づけまででいい」

「エッチはノーサンキューってこと?」

「ラクな嫁だろ」

「……」

そんなもん、嫁って言わないんだよ。

泉は眉を寄せて映一をにらんだ。

「逆だったら悪いけど……俺は男とは遊びでしかしない主義だから」

「昨夜みたいに?」

「昨夜のは違うだろ。でも、まぁそういうことだ」

「女となら遊びじゃなくするってこと？」

皮肉のつもりだったが、

「今は誰ともつきあってない。ただ、いつかは普通に結婚するってことだよ。雄のコウモリじゃなく、人間の女と」

「なにそれ……」

「世間じゃよくある話だろ」

世間？　よくある話？　映一なら絶対に言わないフレーズだ。

「ほんとの自分を偽《いつわ》って結婚するなんて、サイテー」

「いきなりやってきたよそ者に、生き方否定される覚えはないな」

よそ者という言葉が、胸に突き刺さる。

世界じゅうから拒否されても、映一にだけはそんなふうに思われたくない。

でも、この男は……。

「おれの知ってる映は、親にも生徒にもあるがままの自分を見せてた。だから…」

「だから、なんだ？　ここに置いてほしいなら、忘れてもらっちゃ困るんだよ。おまえが映って呼んでる男と俺は、まったくの別人なんだってこと」

「心配しなくても、たった今、そのことだけはよーくわかったよ」

映一は、それならいいという顔をして、

「ところで、さっきのつづきだけど…」

「なんだよっ」

「おまえ、名前は?」

「……」

泉は大きなため息をつき、身体の隅々まで知っている男に、あらためて自己紹介をした。

2

別人だが、また荻島映一《おぎしまえいいち》という男に拾ってもらうことになってしまった。警察に突き出されることも、病院送りになることもなく、とりあえず生活できる場所は確保できたが……。

「おい、お茶」

二十代でそれ言うやつがいるとはね……。

封建的《ほうけん》なセリフに眉をひそめながら、泉《いずみ》はカウンターの中へ入っていった。

「おれ、なんのために自己紹介したわけ？」

名前を教えたら、映一はいい名前だと言ってくれた。自分の名前が嫌いだったから、一瞬嬉しくなったが、『精霊や女神さまが湧《わ》き出てきそうでいい』という意味らしい。

「じゃあ、泉。お茶」

「一回言えばわかるよっ」

「可愛《かわい》くない嫁だな」

ぼやきながら新聞を広げる映一に、泉は肩でため息をついた。

妖怪オタクで姿形もそっくりなのに、この男は自分の好きな映一のいいところをわざと逆にしたみたいだ。

そして自分は、同棲中の恋人から、嫁とは名ばかりのボランティアの住み込み家政婦になってしまった。

もともと、部屋代も生活費も取ってくれない映一のために家事全般を引き受けていたから、やっていることは同じなのだが、恋人と居候では身分がぜんぜん違う。

急須《きゅうす》に湯を注《そそ》ぎながら、泉はもうひとつため息をついた。


「おまえ、料理うまいな。手早いし」

「え…?」

泉は瞬《まばた》きをして映一を見た。

トーストにハムエッグとサラダ。これで料理を褒《ほ》められたことになるのか疑問だ。でも……。

夢の中だろうが、相手が気に食わないやつだろうが、自分を認めてもらえるのはなんであれ嬉しい。

映一が自分を拾ってくれたとき、料理が得意だと知って、タイプなだけでなく最高のオマケがついてきたと喜んでくれた。あのときも嬉しかった。

「今夜、なに食べたい？」

「サバ味噌《みそ》」

あ、リクエストした。泉は目を見開いて映一を見た。

映一はいつも泉の作るものならなんでもいいよと、嬉しいような張合《はりあ》いのないようなことを言っていたが、この男はちゃんと食べたいものを言ってくれた。

「それから……肉じゃが、きんぴら、カレイの煮つけ、揚げ出し豆腐、筑前煮《ちくぜんに》…」

「そんなにいっぺんに作れないよ」

つぎつぎにリクエストをする映一に、泉は呆《あき》れ顔で言った。

「いちいち訊《き》かれるのは面倒《めんどう》だから、まとめて言ったんだ」

「あ、そ」

「それから、デザートはゼリーな」

「え…？」

泉は一瞬固まり、それからぷっと吹き出し、声をあげて笑った。

「か、かわいー。似合わねー」

「なんだよ。可愛いとか似合うとかじゃなくて、透明で冷やっこくて喉《のど》ごしがいいから好きなんだよ。けど、売ってるやつは家で作るのとなんか違うんだよ。だから…」

「わかった。毎日つく…」

言いかけて、泉はまた笑いだしてしまう。

二十八歳の大学の先生が、まじめな顔でゼリーについて語らないでほしい。

「ずっとぶーたれてたくせに、こんなことで機嫌が直るのか。よくわからん」

わかるじゃん。嬉しいんだよ。

映一はなにを作ってもうまいうまいと言って食べてくれるから、ラクだったけれどどんな料理が好きなのかよくわからなかった。

なのに、この男とは昨日出会ったばかりなのにもう好物がわかってしまった。

お袋の味系の和食と、なぜかゼリー。

悪夢の中でも、ちょっと笑える出来事はあるらしい。


「え…？」

目の前に出されたものを見て、泉は目を丸くした。

「俺あんまし現金持ち歩かないから……。新宿にでも行って、これで服とか靴とか買ってこい」

出勤の前、映一は玄関で見送る泉にクレジットカードを差し出した。泉が戸惑って手を出せずにいると、不思議そうな顔をする。

「どうした？　俺の名前は書けるだろ？　電話番号も同じだし…」

「そういう問題じゃなくて、おれが使っていいわけ？」

「いいも悪いも、生活に必要なもの揃《そろ》えなきゃ困るだろ」

「ふつー知らないやつにカードとか渡す？」

「俺はおまえのこと知らないけど、おまえは俺のことよく知ってるんだろ」

「……」

泉は一瞬目を見開き、すぐに目線をそらした。

「おれ……カード持って逃げるかもしんないよ」

「どこに逃げても、ここしか戻ってくるとこないくせに」

悔しいがそのとおりだった。こんな身元不明の一文無しの人間を置いてくれるやつなんて、そうそういるわけがない。

身体が目当てとか、そういうことでない限り……。

泉はちらっと映一の顔を見る。

少なくとも、この男はそっちが目当てではないらしい。というより、きっぱりと最初に断られてしまった。

居候の代償に身体を要求されてもこっちは断れない立場なのに、それをしないということはよほどタイプじゃないのだろう。

初めて会った日も、間違ってやってしまった、みたいなことを言っていたし……。中身は別人でも、外側がそっくりなのでちょっとふられたような気分になる。

なんて悩みは、呑気《のんき》すぎかもしれない。

愛されているかどうかがいちばん重要な問題だったのに、今はそれどころではない。

「ありがとう。貸してもらう。もとに戻ったらすぐに……」

そこまで言って、ふと、もとに戻るってどういうことだろうと思う。だいたい、今の状況自体どうなっているのかわからない。

もし自分がべつの世界に来たのなら、自分がいなくなったもとの世界で、映一はどうしているんだろう。

「考えても無駄なときは、なにも考えないことだ。とりあえず、うまい飯作ってくれたらそれでいいから」

それでいい？　泉はむっと眉を寄せた。

「おれの正体なんかどうでもいいってこと？」

「コウモリだって自分で言ったろ。違うのか？」

映一の言葉に、泉は黙ってうつむいた。

無条件に許されると、条件反射で反抗的な気持ちが出てきてしまう。

感謝すべきときでも、素直にありがたいと思えないのは、家族の中でじわじわと育《はぐく》まれてきたコンプレックスのせいだった。

映一にも話したことのない、子供っぽく恥ずかしい心の癖だ。

「……嘘じゃないよ」

「なら、よし。大学行ってくるから、あとよろしく」

そう言ってドアを開けかけて、映一はなにかを思い出したような顔になる。

「おまえ、大学で絵やってるんだよな？」

泉は怪訝《けげん》そうな顔でうなずいた。

「駅前のビルに画材屋あるから、絵の具も買ってこい」

「いいよ、べつに」

大学に通えなくなったので、そう言ってくれたのだろう。気持ちはありがたいが、遠慮などではなく、最近すっかりやる気がなくなっていたので、本当に〝べつにいい〟という気分なのだった。

「いいよ、じゃなくてさ。鶴《つる》女房が機《はた》織るみたいに、自分の特技で旦那《だんな》をリッチにしてくれってことだよ」

そういうことか……。泉は思わず苦笑いをする。

「おれの絵なんて、タダでも売れないよ」

「売れなくてもいいから、玉姫《たまひめ》橋の絵描いてくれよ」

「橋……？」

「聖人《しょうじん》橋から眺《なが》めた姿が好きなんだけど……俺、写真とか絵とか得意じゃなくてさ」

映一は、自分の知っている男と同じことを言い、同じ顔で笑った。

でも、映一には絵を描いてほしいなんて言われたことはない。口にしないだけで、本当はそう思っているのかもしれない。

でもって、ゼリーも好物だったりして……。

そんなことを真剣に思っている自分がふいに可笑《おか》しくなり、同時に混乱する。

映一なのに、この男は映一じゃない。

「んじゃ、行ってくる」

「行ってらっしゃい」

ボランティア嫁の朝のおつとめをすませると、泉は玄関の床にへたり込んだ。

大好きな人の姿形をした他人。

ちっとも愛してないくせに、夫。

抱いてももらえないのに、嫁。

やっぱりこれは悪夢だ。

願わくは、夜見る夢であってほしい。悪夢のような現実ではなく。

「夢なら、そろそろ覚めてくれない？」

泉は苦笑いをし、手の中のクレジットカードを見た。

「どう見ても普通だよな……」

橋向こうのスーパーマーケットの袋を提げ、泉は橋を渡りながら見慣れた景色を眺めた。川が流れ、電車が走り、車が行《ゆ》き交《か》う。橋を渡ってくる人、走り去る自転車。橋を渡りきれば、コンビニと煉瓦《れんが》色のマンションがある。

自分がこの世界に属していないという以外は、ありふれた日常が360度のスクリーンに映し出されている。

見たこともない不思議な世界に紛《まぎ》れ込《こ》み、ドラマチックな冒険でも待っていたなら納得もするけれど、これっていったい……。

せめてカニタマがいればいいのに、持ち物同様こちらへは来ていないらしい。

文字どおり、身体ひとつでこの世界に来てしまったということだ。

「わけわかんねーつーのっ」

泉は橋の欄干《らんかん》を蹴《け》ろうとし、思い止《とど》まる。

この世界に来る前に、映一が橋の神さまだか姫君だかがどうのと言っていたような気がする。よく聞いていなかったけれど、これ以上呪われるのはごめんだ。

泉はスーパーの袋を足元に置き、欄干を抱えて川を眺めた。

秋の陽《ひ》が川面《かわも》に反射して、光の欠片《かけら》が目に入って痛い。

地元の商店街を歩いてみて、そのままの店ばかりではなく、店の様子が違っていたり、知らない店員がいる店があることがわかった。

少しずつ微妙になにかが違っている、よく知った街に似たべつの場所。

恋人も家族も友人も……自分と共有した思い出をなにひとつ持っていない。

戸籍や住民票だけでなく、他人の記憶が自分の存在の証明になるなんて知らなかった。

考えたこともなかったけれど、誰かにここにいたことを証明してもらえなくなったら、自分はいないのと同じになってしまう。

ここにいるのに……。

ぞくっと背中が寒くなり、泉は荷物の横にしゃがみ込み、両腕をぎゅっと抱きしめた。


「絵の具、買ってこなかったのか？」

大学から戻った映一は、泉が買ってきたものといっしょにカードの明細《めいさい》を渡すと、真っ先にそう言った。

泉は小さくうなずき、映一にカードを返した。

「人のカードで自分の買い物するのって、なんか悪いことしてるみたいな気分になるんだね」

なぜか、思っていることと違う言葉を口にしてしまう。

「本人が使っていいって渡したんだから、悪いとか思う必要ないだろ」

そんなこと、わかってる。泉は唇を噛《か》んでうつむいた。

買い物をしてきただけなのに、自分の存在の希薄《きはく》さを実感してしまった。それが情けないだけだった。

「描きたくなったら描けばいいさ」

映一はそう言うと、泉のシャツの胸ポケットにカードを突っ込んだ。


悪い夢が覚めないまま数日が過ぎ、心なしかまた風が冷たくなった気がする。

季節の移ろいを感じると、これが夢ではないんだと実感させられる。

恩返しをしろなどと口では言いながら、映一は純粋に行き場のない自分を家に置いてくれているだけで、なにも求めてこない。

寝室を空《あ》けてくれ、自分はリビングのソファで寝ている。壁いっぱいの本棚があり、夜中に起きて本を読んだり書きものをしたりして、ふだんからこっちで寝ることが多いからなどと言って……。

恋人ではないので甘やかしてくれないし、言いたい放題で口は悪いけれど、基本的にはやさしい男なんだと思う。映一と同じ種類の、浮世離《うきよばな》れした鷹揚《おうよう》さを持った。

でも、居場所ができてほっとしたのは一瞬で、この環境が自分にとってどんなにつらい状況なのかに気がついた。

頭で別人なんだと思おうとしても、目の前にある身体は自分の恋人そのものなのだ。

『恩返しには、夜のおつとめは含まれてないわけ？』

などと冗談めかして誘ってみたけれど、

『時間外労働はしなくていい』

と、きっぱりと断られてしまった。

風呂上がりにわざと全裸で出てきたりしても、とくに関心のなさそうな顔をしている。なさそうではなく、きっと本当にないのだろう。似ているところもあるけれど、まったく似ていない部分もあるわけだから、好みが違っていても不思議じゃない。

妖怪や橋なんか好きでも嫌いでもいいから、好きなタイプが同じであってほしかった。

恋人にそっくりな男が、いっしょに暮らしているのに、自分に指一本ふれようとしないのは、毎日じわじわと失恋が進行してゆくようで苦しかった。

「なに言ってんの？　映んとこ、女子大じゃん。おれに女装しろっての？」

「面白そうだが、そうじゃない」

　数日後の朝、映一がいきなり『大学に来ないか？』と言いだしたので、授業を受けに来いという意味かと思った。

「助手として雇うから、資料の整理とか手伝ってほしいんだ。バイトだよバイト」

「バイト⁉」

「ちゃんと時給払うからな」

　一瞬、ネガティブな考えが頭に浮かんだ。

「自立してさっさと出ていけってこと？」

　泉は不安を隠すように、怒った目で映一を見た。

「行くところもないくせに、自分を苛《いじ》めるようなこと言うんじゃない」

「……そう聞こえたんだから、しょうがないじゃん」

「ふうん……」

　映一がじっと目を覗き込んだので、泉はどきっとして身体を退《ひ》いた。

　一瞬、恥ずかしいコンプレックスに気づかれたかと思った。

「婉曲《えんきょく》表現が通じないみたいだから、はっきり言うけどな」

「なんだよ」

「絵の具買ってこいって言ってるのに、ちっとも買ってこないからだよ」

「べ、べつに遠慮なんかしてないよ。ほんとに絵描く気になれないから……描きたくなったら買ってもらうつもりだったんだ。うんと高いやつ」

「それじゃ、ボランティアでもいいか」

「あ、バイトがいい。バイト！」

泉が腕にしがみつくと、映一は一瞬戸惑ったような顔をしたが、

「ほんとに面倒な性格だな」

腕はほどかず、子供にするみたいに泉の頭をなでた。

瞬間、ふわりと甘ったるい懐かしさが身体を満たした。

子供扱いされるのを嫌う人は多いが、自分は嫌いじゃない。三兄弟の末っ子だから甘え上手だと思われがちだが、自分の場合は、ただ末席《まっせき》に位置しているだけで、甘やかされる味も感触も、知る機会はなかったのだ。

あの日、あの店で映一に出逢うまでは……。

「そんないっぺんに言われたら、なんもできないじゃん」

女子大の研究室で、つぎつぎと雑用を言いつける映一に、泉は不満そうに口を尖《とが》らせた。

「コウモリは頭いいって聞いてたけど、そうでもないんだな。あ、逆さにならずにベッドで寝てるから、頭に血が行ってないいんじゃないのか？」

「……」

泉は肩でため息をつき、手にした雑誌をソファに放り出した。

恋人の映一も家事は下手だったが、頼むとなんでも手伝ってくれた。それに、『おい、お茶』なんて言葉は間違っても口にしなかった。

でも……。

泉は、真剣な顔でパソコンに向かっている映一の横顔を見る。

知っているのにどこかよそよそしい街をうろついたり、誰もいない部屋にひとりでいるよりは、気が紛《まぎ》れていい。

「おらおら、いい男だからって見とれてないで働けよ」

「しょうがないじゃん。好きなやつと同じ顔してんだから」

言ってしまってから、しまったと思う。泉が気まずそうに目をそらすと、映一は立ち上がって分厚《ぶあつ》い本を持ってきた。

「いい男にぼうっとなるのは自然現象だからいいとして、付箋《ふせん》貼ってあるところ十二部ずつコピーしてくれ」

泉はむすっとした顔で本を受け取ると、タイトルを見て肩をすくめた。

「ふうん……女子大生も妖怪なんか好きな子いるんだ」

「女の子のほうが好きだろ。安倍晴明《あべのせいめい》の流れもあるし……まぁ、でも、純粋に好きなのは三分の一で、残りは俺のファンだな」

よく言うよ。ゲイだってこと隠してるくせに。泉はコピー機のスイッチを入れながら、ちらりと映一を見た。

「あんたも、妖怪やお化けがほんとにいるって信じてるわけ？」

「存在してるかどうかは、どちらかといえばあんまり問題じゃない」

「え…？　じゃあ、なんでこんなことやってんの？」

信じてるに決まってる。当然そう答えると思っていたのに……。

「否定しないこと。受け入れること。そうすると、見えなかったものが見えてくる。そのため……かな」

「妖怪やお化けが見えるようになるってこと？」

意味がわからないという顔をする泉に、映一はくすっと笑い、紙の束を差し出した。

「ほい、つぎこれ。白地図《はくちず》に調査票の世帯一覧表の番号ふってくれ」

「……」

泉はふと、映一がわざと仕事をつぎつぎ言いつけていることに気がついた。

ここしばらく沈《しず》みぎみだったから、気分転換に連れてきてくれたに違いない。

「民俗《みんぞく》学の先生とかいって、なんか村役場の仕事みたいなことしてんだね」

泉はやっと、素直な気持ちで映一の不器用な好意を受け取ることができた。

「おまえ、村役場で働いたことあるのか？」

「イメージの話だろ」

泉が反論すると、

「イメージは大事だな。芸術家にも学者にも……うん」

映一はまじめな顔でうなずいた。

「あ、ついでにそこの本取ってくれ」

「コピー取れって言ったじゃん。てか、自分で取れよ。そっちのが背ぇ高いんだか…」

「大丈夫」

映一は本棚に取り付けた可動式《かどうしき》の梯子《はしご》を顎《あご》で指し、泉はしぶしぶ梯子を移動させてくる。ふりをしながら、内心べつのことを考えていた。

映一の本の目次をぱらぱらと見たことがあるが、子供でも読めそうな面白おかしい章タイトルがついていて、こんな趣味に走った本を書いて稼《かせ》げるなんて羨《うらや》ましいと思った。けれど、フィールドワークで集めてきた資料を整理するのをほんの少し手伝っただけで、膨《ぼう》大《だい》で地道な努力の積み重ねが、面白おかしい部分として抽《ちゅう》出《しゅつ》されていることがわかってきた。

映一はその過程のすべてを楽しんでいるように見えるが、自分にはできそうもない。

恋人の映一は仕事の話をするのが好きだったが、それを聞きたいとは思わなかった。相手は仕事だが、のろけを聞かされているような気分になってしまうから……。

「げっ…この本重…っ…」

片手で取り出した本の意外な重さに、泉は思わず後ろによろけた。

「あたたっ…」

背骨が軋《きし》みそうになり、あきらめて落下しようかと思ったら、映一が両手で腰を支えてくれていた。

「大丈夫か?」

「……うん」

背中を向けたままうなずく。

「無事でよかった。これ、神田じゅう探し回って、やっと手に入れた超希少《きしょう》本なんだ」

「……!」

泉はカッと赤くなり、振り向きざまに映一をにらんだ。

「冗談が通じない。しかも、思ったことがすぐに顔に出る。コウモリの習性って面白いのな」

笑いながら、映一は泉の腰を持って床に下ろした。

「面白くて悪かったね」

泉はふてくされた顔をして、身体が感じていることを気取《けど》られないようにした。

恋人の映一はスキンシップ大好きのスケベおやじだったから、いつも気持ちよく満たしてもらっていて、ちょっとさわられたからといってどきどきするなんてことはなくなっていた。泉は映一がパソコンに向かうのを確かめ、手の感触がまだ残っている腰の辺りをそっと抱きしめた。

表現の仕方は違っても、ふたりの映一は基本的な部分がよく似ている。

異質なものを受け入れてしまう寛容《かんよう》さ。もしくは単なる好奇心の強さ。

そして、声と顔と身体。

決定的に違うのは、一級品のそれを、恋人のためではなく、一夜限りのゆきずりの相手のためにしか使わないということだった。

大好きだったのに、夜が嫌いになった。

寝室でひとりになると、昼間は雑事《ざつじ》に紛れていた心細さが押し寄せてくる。

なぜ、この夢は覚めないんだろう。なぜ、あんなにやさしく抱いてくれていた人は、恋人じゃなくなってしまったんだろう。なぜ、みんなは自分のことを知らないんだろう。

たくさんの〝なぜ〟が思考の波になり、寄せては遠ざかり、また寄せてくる。

ほどよく疲れているはずなのに、眠ることができない。

泣きたいけれど、なにも変わらない。もっとつらくなるだけだから、泣かない。

泉は、涙が出てこないように枕に顔を埋《うず》めた。

「……?」

前髪がふわりと揺れ、泉は顔を上げた。が、もちろん誰もいない。

「カニタマ……?」

なわけないか……。

顔を起こすと、少し開いていたカーテンの隙間《すきま》から、明るい光が洩《も》れている。

微《かす》かな気配の正体は、南の空高く昇《のぼ》ってきた満月の光だったらしい。

泉は目をこすり、カーテンを大きく開いて外を見た。満月に照らされ、橋は舞台照明を当てたように、闇にくっきりと浮かび上がっていた。

と、月明かりの下で動く小さな影を見つけた。

「カニタマ……」

叫びだしそうになるのを抑え、泉は目を見開いた。

長いしっぽをゆらゆらとくねらせながら、欄干の上を軽やかに歩いているのは、見紛《みまご》うはずもない愛猫《あいびょう》の姿だった。

「絶対にカニタマだったのに……」

パジャマのまま飛び出してきた泉は、肩で息をつきながら橋の上を見回した。

が、猫の姿はもうどこにもなかった。

「あ……」

泉は息を止め、耳を澄ませる。

虫の声に混ざって、カニタマの首輪の鈴の音がきこえてくる。いや、欄干の上を向こう岸に向かって遠ざかっていく。

映一がカニタマにつけた赤い首輪には、小さな金色の鈴がついていた。猫のものにしてはちょっと上等な、特徴のあるきれいな音色の鈴だった。

けれど、カニタマの姿は見えず、鈴の音《ね》も親柱《おやばしら》の辺りで消えてしまった。

泉はふいに、最後にカニタマを見た、今となっては夢だったのか現実だったのかわからない、あの瞬間のことを思い出した。

「カニタマっ」

泉は口に両手を添《そ》え、両足を開いて叫んだ。

泉には、カニタマが離れ離れになった映一と自分をつなぐ見えない糸のように思えた。

「カニタマーっ」

映一につづいている糸をたぐり寄せたくて、何度も何度も大声で叫んだ。

もとの世界で、映一は自分を待ってくれている。心配して、きっと探してくれている。

「カニ…うー」

突然、誰かが後ろから泉の口を塞《ふさ》いだ。

手を振りほどいて振り向くと、映一が困ったような、でも、どこか楽しげな苦笑いの顔で立っていた。

「そんなに食いたいなら、毎日出前とってやるから夜中に叫ぶな」

「……」

わかっていて、あらためて傷つく。

映一はカニタマが猫の名前だと知らない。泉は、ははっと声をたてて笑った。

「満月見てたら食べたくなったんだよ」

やけくそな言葉を吐いたら、涙がじわっと湧いてくる。

「たしかに、あれは満月に似てるな」

泉はぐすっと鼻をすすり、「そうだよ」と映一をにらんだ。

「月見て泣くなんて、まさかおまえ……かぐや姫なんじゃないだろうな？」

「男のかぐや姫なんて聞いたことない」

泉は欄干を抱え、ふいと横を向いた。

「この世はほんとはなんでもありだ」

だったら、どうしてしたくもない結婚なんかするんだよ。非常識の固まりのくせに、どうしてそこだけ常識に縛《しば》られちゃうんだよ。

訊きたかった。けれど、訊けなかった。

「おれがこんなふうにここにいることも、なんでもありのうちなわけ？」

「まぁ、そういうことだな」

さらりと答える映一に、やけっぱちな気持ちがぶり返してくる。

「……わかんないよね。こんな気持ち。自分がどこにも属してないってことがどんなに……」

胸の中にある感情は死にそうな淋《さび》しさなのに、出てきたのは悔し涙だった。

と、ふいに映一が抱きしめてくる。

「ノーサンキューなのに、なんでこんなことすんだよ」

「おまえは嫁だろ？　泣いてたら、慰《なぐさ》めるくらいはするさ」

「家事するだけなんて、嫁じゃなくて家政婦じゃん」

泉が涙の残った目でにらみつけると、映一はそらすように月を見上げた。

「妖怪先生でも、正体のわからないやつなんてこわくて抱けない？」

「逆だよ」

「え…？」

「行きずりのやつは、みんな正体なんかわからない。お互いに。俺、そういうのなら平気だっ

て言っただろ」

「……」

泉は瞬きをして映一を見た。

「でも、おまえは正体がわかってるからな。キューちゃんだって」

「キューちゃん⁉」

泉は思わず声を裏返した。

「毎日呼んでたのに、忘れたのか？　吸血鬼のキューちゃんって」

コウモリの名前……。

馬鹿にしてる。泉の目に、また涙が浮かんでくる。

「なんだよ。人がまじめに…」

「帰るぞ。キュー太郎」

映一は泉の手首をつかむと、さっさと歩きだした。

泉は手の甲で目をこすりながら、黙って映一に引っぱられていった。

温かな手のひらの感触は、自分のよく知っている男のそれと同じだった。

でも、この男は自分の知っている映一じゃない。だって……。

橋の上に迎えに来てくれた。

「いっしょに飲もう」

そう言って、映一はワインとグラスをふたつ出してきた。

今まで映一は、夕食がすんだら仕事は終わりだと言い、泉を寝室に追いやって仕事をしていた。最初に言っていた、あとくされのありそうな関係を避《さ》けるために。

「いいの？」

恋人の映一と何度か愛しあったこともある、見慣れたソファに座り、泉は来客のような気分になっていた。

「教育者が、未成年に酒飲ましていいのかってか？」

「じゃなくて、夜中にこんなふうに……」

泉が語尾をうやむやにすると、

「おまえに襲われても……ほら、体格の差があるからな」

映一は、泉の細い腕に自分の腕を並べてみせた。

「誰が襲うんだよ」

「いいから飲もう。月がきれいだし……月見酒だ。風流だろ？」

映一はカーテンを開け、淡い間接照明だけを残して部屋の明かりを消した。

「嫁の仕事は夕食の後片づけまでだったんじゃないの？」

「たまには時間外労働しろ」

映一の命令に、泉は素直にうなずいた。

嬉しかった。

カーテンがふわりと揺れ、涼しい風が流れ込んできた。

電車の走る音や道路の車の音に混じって、川の淵《ふち》で鳴いている虫の声が、小さな鈴を振っているように聞こえてくる。

「ねぇ……ほんとは、おれのことなんだと思ってる？」

ワインをグラスに注《つ》いでいる映一に、泉はずっと訊いてみたかったことを訊いた。

「かぐや姫って説も浮上《ふじょう》してきたけどな」

「おれ、まじめに訊いてんだけど」

「まじめに答えていいのか？」

どきっとし、それからうなずく。

「神隠《かみかく》しってわかるか？」

「うん……？」

泉は、きょとんと映一を見た。

「五歳くらいだったかな……母方のばあちゃんがまだ生きてた頃……神隠しの話してくれて、すごい興味持ったんだよな」

泉は、ワイングラスに口をつけながら笑った。子供の頃から素養《そよう》があったんだ。

「連れ去られた人は、そこでどんな体験をしたんだろう。なにかいいものをもらったんじゃないか。なにかすごいものを見せてもらったんじゃないかって……。天狗《てんぐ》や鬼に連れ回されたとか、こわい系の話も多いけど、浦島太郎みたいに楽しい体験する系の話もあるからさ……」

「浦島太郎って、神隠しじゃなくて招待されて竜宮城《りゅうぐうじょう》に行ったんじゃないの？」

「でも、残された人たちから見たら、神隠しに遭《あ》ったのと同じだろ？」

「そっか……」

何十年も姿を消してたわけだから……。

「だからさぁ……俺、自分で体験してみたかったんだよな。神隠し」

「ヘンな子供」

「ヘンって……おまえ体験者だろ？」

「あ……そっか」

素直に納得する泉に、映一はくすっと笑った。

「だから、置いてくれてるわけ？　貴重な経験者だから？」

「学者らしい、まじめな答えだろ？」

まじめな冗談を、まじめに聞いてしまった。

泉はふうっとため息をつき、グラスに残ったワインを飲み干した。

正体なんかなんでもいい、タイプだからだと言ってほしかった。映一が自分を拾ってくれたときのように……。

最初に釘《くぎ》を刺《さ》されているのに、今さらなにを言ってるんだろう。というか、この男は自分の恋人じゃない。

きっと、満月のせいで気持ちがもやもやしているに違いない。

「なんか作ろっか？」

「かに缶あるぞ」

にやりと笑う映一に、泉は小さく首を振った。

「おれ、たしかに龍龍《ロンロン》のかに玉好きだけど……カニタマって、料理の名前じゃないんだ」

そして、泉はありあわせの材料で酒の肴《さかな》を作りながら、カウンターでワインを飲んでいる映一に、恋人の映一との出逢いとカニタマのことを話して聞かせた。

「映だけだったんだ。おれのこと、どうでもいい子じゃなくて、いい子だって言ってくれたの……」

「いい子？」

「笑いたかったら笑えよ。けど、ほんとにそうなんだからしょうがないだろ」

「ていうかさ……いい子って、それベッドの中で言われたんじゃないのか？」

「……」

泉はカッと赤くなり、蓮根《れんこん》のきんぴらの皿をカウンターに置いた。

「そのいい子は意味が違うと思うけどな」

映一は意地悪い笑みを浮かべながら、網焼《あみや》きの椎茸《しいたけ》を指でつまんで口に入れた。

「意味なんてなんでもいいんだよ。おれのこと……」

見てほしかった。聞いてほしかった。

「だから、今まで男となんてつきあったこともなかったのに、初対面の映の部屋にそのままいついちゃったんだと思うんだ。住むところが見つからないからじゃなくて……」

「でも……おまえって、ちゃんとした家で大事に育てられた子供の匂いがするんだよな」

「……」

泉は大葉《おおば》を刻《きざ》む手を止め、気まずくうつむいた。

大事にされていなかったわけじゃない。病気をすれば心配し、看病もしてくれた。誕生日プレゼントを忘れられたことだってない。

でも、日常の中の小さな言葉や思いは、耳を傾《かたむ》けてもらったり心に留めてもらうことなく、胸の中に溜《た》まっていった。

泉が生まれたときには、年子《としご》の兄ふたりはすでに中学生で、期待どおりの優秀な成績を修《おさ》め、奥沢《おくさわ》病院の外科と内科の跡取りとしての道を着々と歩んでいた。

「でね……可笑しいんだ。長男は勉《つとむ》で次男は学《まなぶ》っていうんだ」

泉は、気を取り直すように顔を上げて笑った。

「ふたり合わせて勉学……か。親の期待がこもりすぎた名前だな」

「冗談みたいだけど、真剣につけた名前なんだよね。おれと違って」

泉は肩をすくめて笑った。

兄たちは、父に勉強や生活態度をかなり厳しく言われて育ったらしいが、泉はまったく干渉されることはなかった。叱られることもない代わりに、兄たちのように褒《ほ》められることもなく。

「泉って女の子みたいな名前じゃん。父さん、勝手に女って決めてたんだってさ。で、男が生まれちゃったけど、どっちでもありな名前だからって、そのまんま。ひどくない？」

女の子に生まれていれば、兄たちとはまた違った期待から、注目してもらえるチャンスもあったのだ。

「勉学より、ずっといい名前じゃないか」

簡単に片づける映一に、泉は不満そうなため息をつき、エプロンをはずしてグラスを手にソファに戻った。

「だから、仕事では兄貴たちには絶対にできないことをしようと思ったんだ」

それが自分にとっては美術だったのだが、両親は反対も賛成もしなかった。

おかしな話だが、兄たちと同じように医者になれとか、芸術みたいなものでどうやって食べていくつもりだとか、ドラマによく出てくるセリフで反対してくれることを期待していた。

兄たちに言わせれば、おまえは自由で羨《うらや》ましいということになるのだが、期待も束縛《そくばく》もないというのは、〝どうでもいい子〟というレッテルを貼《は》られたようで惨《みじ》めだった。

女の子を好きになれないことも、親に隠しているのは、他人に知られたくないのとはまったく逆の理由だった。

べつにかまわないから好きに生きなさい。そんなふうに言われるのがこわくてたまらなかった。

賛成でも反対でも、そんなのはどうでもよかった。大切なのはわかってもらうことでなく、自分の気持ちをまっすぐに見てもらうことだった。

だから、希望どおりの進路を選んだのに、大学に入ったとたんやる気が薄れてしまった。好きでやっていたはずなのに、描くことが楽しくなくなってしまった。

「なんかさ……今の状況って、おれが恐れてたことがまんま現実になったみたいだよね。みーんなおれのこと忘れちゃって、どこにも居場所がなくて、誰にも必要とされなくなって……」

泉はグラスを持ったまま、ソファの上で膝《ひざ》を抱えた。

「必要としてるだろ」

映一がきんぴらの皿を手に、泉の隣にやってくる。

「料理なら、ほかにももっとうまいやついるじゃん。近所に龍龍みたいな店もあるし……あ、研究材料だよね。神隠し……じゃなくて動物の嫁の話の…」

「きれいな男の嫁がそばにいるのは楽しい」

冗談めかして、肩に手をまわしてくる。

「いいよっ。無理にそんなこと言ってくれなくてっ」

泉は、映一の手を払いのけた。

「悪いけど、ほんとのことだ」

振り払った手が、そっと背中に置かれ、手のひらの温《ぬく》もりに、頑《かたく》なになった気持ちがふっとほどける。

幼くて思いがうまく言葉にできず、伝えることに時間がかかった。ちゃんと聞いてほしくて必死だったのに、話題の中心になるのは兄たちで、聞こえてくるのは理解できない言葉ばかりで、いつも仲間はずれにされていた。そう思い込んでいた。

『またあとでね』

『泉の好きにしていいから』

今になって思えば……あの頃はみながそれぞれに仕事や勉強に忙しく、幼い子供とは違う時間の流れの中で生きていただけだったのかもしれない。

「ごめん……十八にもなって、馬鹿みたいだよね。ちゃんと育ててもらったのに……こういうの、必要としてもらいたい病っていうんだよね」

「必要とされなくてもいいなんて思ってるやつは、ひとりもいないさ」

泉は顔を上げ、映一を見た。

「映……も？」

「だから、こうやってほんとの自分を偽《いつわ》って生きてるんだろ」

「……」

目から、考えるよりも先に涙がこぼれ落ちた。手のひらで涙を拭《ぬぐ》いながら、泉は笑った。

「おれ……酔ってんのかな。泣いてないのに……なんで涙が…っ…」

「満月のせいにしとけ」

「月…？」

「ほんとは、コウモリじゃなくてかぐや姫なんだろ？」

映一の言葉に、泉は笑いながらうなずいた。

窓の外は、乳白色《にゅうはくしょく》の月の光が、やわらかな布のように夜を包み込んでいる。

満月のせいにしたいけれど、自分はかぐや姫じゃない。

胸の奥深くに隠していたのに、どうして偽者《にせもの》に見せてしまったんだろう。

幼くてみっともない、恋人にも見せられなかった自分を……。

3

映一《えいいち》と月見ワインを飲み、そのままソファで眠り込んでしまったらしい。

毛布をかけてくれたのは……考えなくても、映一しかいない。

映一はテーブルに突っ伏《つぶ》して、パソコンを開いたまま眠っていた。映一の顔から眼鏡をそっとはずし、自分が着ていた毛布を映一の肩にかける。

泉《いずみ》は、ふっと小さく息をついた。

酔いにまかせて、映一に胸の中に隠していた思いをぶちまけたせいか、心も身体も軽くなっている気がする。

もしかしたら、誰にも言えない気持ちを吐き出すためにここに来たんじゃないかと思った。ってことは、こっちの映ってゴミ箱？

泉はくすっと笑い、シャワーを浴びにバスルームに向かった。

「こら、朝っぱらから裸でうろちょろするな」

起きてきた映一が、腰にバスタオルを巻いただけの泉を見て怒った。いや、正確には怒ったのではなく……。

「なにうろたえてんの。初対面のときにオールヌード見てるのに」

「料理人に風邪ひかれたら困るんだよ」

映一は泉から目をそらすように、ふいと横を向いた。

「おれって料理人なんだ」

「嫁だ、嫁」

映一がそっぽを向いたまま言ったので、泉は小さく吹き出した。

「映さぁ、人間の女と結婚しても、嫁のことこんなふうに料理人扱いするつもりじゃ…」

言いかけてくしゃみが出る。

「ほらみろ。夏じゃないんだ。早くなんか着てこい」

手のひらで額をぽんと叩かれ、泉はカッと赤くなる。

「ガキ扱いすんなよなっ」

「俺から見たら立派なガキなんだよ」

映一は、にやりと笑った。

「超ムカつくっ」

泉はわざと子供っぽく言って、部屋に着替えに行った。

でも、映一の態度は最初の頃とは少し違ってきている。前は裸でうろついても、服を着ろなんて言わなかった。小学生が裸でいるみたいに、気づいても表情ひとつ変えなかった。

自分も、映一のそばにいるとどきどきしたり息苦しくなったりしてしまう。でも、これは心ではなく身体の自然な反応だ。

欲求不満……ってことだよな。

自分の身体を開発してくれた人と、同じ顔と身体を持ったやつが目の前にいて……嫁にしたくせに身体にはふれてこない。そんなおあずけ犬状態は、若い身体にはつらいものがある。

「あれ……？」

セーターを頭からかぶりながら、ふとあることを忘れているのに気づいた。

あんまり似ているから、自分にとって映一の身体も顔もひとつしかなかったから、いつの間にか混同していた。いや、ほんとは最初から……。

重要なことなのに、考えもしなかった。

こっちの映一となにかあったら、それはもしかして浮気になるんだろうか……。


「ほんとにそいつなの？」

数日後の午下《ひるさ》がり、研究室の窓から一匹の小鳥のようなものが飛び込んできた。

「間違いない。毎日ミルクやってたやつの顔、忘れるはずないだろ」

映一は助けたコウモリのキュー太郎だと言うのだが……。

カーテンレールにぶら下がっている小さな生き物は、黒い木耳《きくらげ》みたいで表情がよくわからない。

コウモリなんて、みんな同じ顔してんじゃないの？　言おうとしてやめる。映一は愛《いと》しそうに目を細めて見つめている。

「ほら、こっち来てよく見てみろ。可愛《かわい》いぞー」

映一に促《うなが》され、恐る恐る窓辺に近づいてカーテンレールを見上げる。

と、いきなりコウモリが羽を広げた。

「わっ、コウモリ傘《がさ》にそっくり！」

「傘のが真似っこなんだよ」

だから、コウモリ傘なんだ。知らなかった。

泉は感心し、まじまじと初めて見た生き物を観察する。

「すげー……ちっこいけど牙《きば》がある～。やっぱ吸血鬼だ、悪魔だ。こわー」

「日本じゃいいイメージないけど、コウモリって、幸福の福と音《おん》が同じだから、中国じゃすごいおめでたい動物なんだぞ」

「そうなんだ……」

「意味なんて、どうにでもつけられんだよ。こういう意味だぞって誰かに教えられても、素直に信じないで、自分の感じた印象とかイメージとかを大事にしたほうがいいぞ」

「……」

「とくに先生って名のつく職業のやつの言うことや本に書いてあることは、いっぺん疑ってかかったほうがいいな」

　自分だって先生のくせに。泉は笑いながらうなずいた。

「ところで、ひとつの疑惑が」

「なんだよ?」

「キューちゃんがここにいるってことは、おまえは誰なんだ?」

「……」

　顔を近づけられ、どきっとなる。

「やっぱヤモリだったんだな」

「えっ…」

「白状しろ」

「だ、だって……正直にヤモリだって言っても嫁にしてくれたのかよっ」

　泉は逆ギレぎみに言った。

「人間に化けた姿が美人なら、ぜんぜん問題ないさ」

「……」

泉は頬を赤くし、手にしていたプリントを意味もなく丸めた。

いっしょに寝てもくれないくせに、なんでそんなこと言うんだよ。

と思って、あわてて取り消す。

間違えちゃいけない。見た目は映一だけれど、この男は恋人じゃない。

「あのとき、ホイホイの粘着剤《ねんちゃくざい》にくっついて剝《は》がれた腹の皮治ったのか？」

そう言って、映一がいきなりセーターを捲《まく》り上げてきた。

「なにすんだよっ」

「傷が治ったか見てやるんだろ」

映一の手が素肌にふれ、泉は身体をびくりとさせた。

「そういう冗談よせよっ。エッチのサービスはノーサンキューだって言ったくせにっ」

逃げ出せばいいのに動けない。泉は真っ赤になって映一に嚙《か》みついた。

「図書室とか資料室とか、ストイックな場所って悪いことしたくならないか？」

「なに言って……高校生じゃないんだから。馬鹿なことやめなって……ここ職場…」

と、ドアをノックする音がして、泉はどきっとして振り返った。

「荻島《おぎしま》くん、ちょっといいかな」

爆発のコントみたいな髪をした小太りの男が、返事を待たずにドアを開け、ずいと片足を踏み入れてきた。

「し、失礼っ」

男は自分の用件も言わず、映一の言い訳も聞かず、くるりとターンすると、ぴしゃりと扉を閉めてしまった。

泉と映一は顔を見あわせた。

「誰？　今の、早送りみたいなおじさん」

「文化人類学の紅林《くればやし》教授。妖怪愛好会の仲間なんだ」

「え、妖怪……じゃなくて、やばかったんじゃない？」

泉はセーターの裾《すそ》を整え、息を弾《はず》ませながら言った。

「うちの生徒だったらやばいけど、泉は男だから問題ないさ」

「男だからだろ。ゲイだって気づかれたかもしんないって言って…」

映一が自分を見て笑っているのに気づき、泉は言葉を呑み込んだ。

「ほんとの自分生きてないやつなんて最低……なんじゃないのか？」

そうだよ。そうだけど……。

「世間に知られるような危険なことはしないって、最初に言ってたじゃん」

「いいさ。知られたら知られたで」

急に投げやりなことを言いだす映一に、胸の中の怒りが不安に変わる。

「どうしたんだよ。人に知られたら困るから隠してるんだろ？　したくもない結婚するんだろ？」

「紅林さん、愛人の子供が初等科に通ってんだよ。もちろん、生徒や奥方には隠して」

泉はため息をつきながら、机の上で資料の束《たば》を音をたてて揃《そろ》えた。

「同じ穴の狢《むじな》ってこと……」

「まぁね」

悪びれもせずに言う映一に、泉は思わず脱力する。

「そんなことだと思っ…な、なんだよ？」

映一が顔を近づけ、じっと見つめる。

「しかし、ヤモリだったとは気づかなかったなぁ……」

またそこに戻るんだ。うんざりしながら、泉は仕方なく話を合わせる。

「コウモリとかヤモリとかじゃなくて、もうちょっとこうロマンチックな相手助けたら？　鶴とか天女とか」

「天人女房は助けたんじゃなくて、羽衣《はごろも》盗んでむりやり嫁にする話だろ」

「あ、そっか……て、そういうことじゃなくて…んっ…」

映一がいきなり口づけてきた。一瞬の、でもちょっと乱暴な……。

「これ……どういう意味？」

「三時のおやつ」

「エロ教師っ」

泉は、映一の脛《すね》の辺りを蹴《け》る真似をした。

あんた、女子大に就職したの正解だったよ。

ていうか、そんな小腹がへったからつまみ食いするみたいなキス、冗談じゃない。こっちがどんな思いで、夜ひとりであんたのベッドで寝てると思ってるんだよ。

そんなこと思っちゃいけないと理性が止めに入る。が、噴き出してくる感情を抑《おさ》えられない。

「見合いして、人間の女と結婚するくせにっ」

泉は、本気で映一をにらみつけた。

「そうだったな……忘れてた」

「忘れんなよっ」

「気をつけるよ」

違う。気をつけなくてはいけないのは自分のほうだ。欲求不満だからって、キスくらいで動揺したり、誘うようなことをしたり、言ったり……。結婚するということに、嫉妬みたいな感情を感じてイライラしたり……。

この男は恋人の映一じゃない。男と遊ぶのが好きなだけで、いつかは結婚してしまう男で、自分のことは仕方なく置いてくれているだけで……。

「あんた、おれのこと調べてるんだろ？　興信所とか探偵とか使って」

泉は問い詰めるように言った。

自分は、『なんかわかるまで、とりあえず』置いてもらっている押しかけ女房で、映一がなにをしようと怒る権利などない。わかっていて、なぜか腹が立ってくる。

「なんだそれ。異界から来たやつを、どうやって調査員や探偵が調べるってんだよ」

「じゃあ、なんにもしてないの？」

「……」

映一は腕組みをし、なにやら考えているように見えたが、

「すまないっ」

いきなり泉に頭を下げた。そして、顔を上げると申し訳なさそうに言った。

「研究はしてるけど、神隠しの体験があるわけじゃないからさ……」

映一の言葉に身体から力が抜け、ソファにかくんと腰を下ろす。

なんかわかるまでって、そういうことだったわけ？　興信所でも探偵社でもなく……。

泉はソファで膝を抱え、顔を埋《うず》めてくすくすと笑いだした。

「なにが可笑《おか》しいんだよ。本気で謝ってるんだぞ」

「大人のくせに……お伽話《とぎばなし》なんか信じてるからだよ」

「助けたコウモリ……いや、ヤモリを嫁にするには必要なことだろ？」

泉は、映一を見てうなずいた。

紙切れに印刷された証明がなければ、学ぶことも働くこともできない融通《ゆうずう》のきかない世界にいながら、やわらかな不思議を体験するのに必要なパスポート。それは、紙切れでもプラスチックのカードでもない。生まれたばかりの頃には誰もが持っていた、目に見えないものをイメージできる力。

アミューズメントパークなんかに行かなくても、いつでもどこでも、自力でワンダーランドを体験できる人たちがいる。生まれてくるときに持っていた不思議の国のパスポートを、大人になっても手放さなかった人たち。

今自分を飼ってくれている男もそうだけれど、かつて自分を拾ってくれた恋人もそうだった。なのに自分は、映一のもうひとりの恋人である妖怪に嫉妬して、信じてもいないくせにこわがって、少しも理解しようとしなかった。


「なくなってたら、おれへコむからな」

ひとり言を言いながら、泉は自動改札に切符を突っ込んだ。

急にケーキが食べたくなり、買い物に出たついでに、ひと駅隣の街のお気に入りの洋菓子店に立ち寄った。

映一が『おやつ』なんて言ってキスしてくるから、唇が集中的に淋《さび》しくなってしまったのだ。

そういえば、ケンカをして橋に家出した翌日は、映一はいつもエリゼのケーキを買ってきてくれていた。口では謝ったりしないのに、ちゃんといちばん好きなケーキを選んで。

逢えなくなってから気づくっていうのが、ちょっと情けないけど……。

「やったね」

泉は瞳を輝かせ、ショウケースを覗き込んだ。

駅から徒歩一分のそのケーキ屋は、葡萄《ぶどう》の蔓《つる》を描いたガラス張りの店構えも、三つ編みヘアの店員の少女も、なにも変わっていなかった。そして、目の前には、なじみの定番ケーキが並んでいる。

「いつものやつ二個ね」

「え…?」

少女は『いつもの』と言われて戸惑った顔で泉を見た。わかっているのに、一瞬、どうしても淋しさを感じてしまう。

「冷たいな。ミカちゃんおれの顔忘れたの?」

大きな目をぱちぱちさせている美香子《みかこ》に、泉は笑いながら胸の名札を指さした。

「ごめん。ほんとは初めて来たんだ。いきなり印象づけちゃおうかなって」

誰かが乗り移ってるな。泉は、自分の暴挙に内心苦笑いをする。

「またご利用ください。今度はいつものやつ、覚えときますから」

店を出る泉に、美香子は頬を赤くして言った。

「ちょっとまずかったかな……」

大好きなケーキが食べられるのが嬉しくて、つい高校時代のノリに戻ってしまった。

あの頃は、心から楽しんでやっていたわけじゃなかったし、ひとりのときにはこんなふうに女の子に声をかけることはなかった。絶対に界《かい》が乗り移ってたよな……。

泉はくすっと笑い、ふいに表情を止めた。

「界……？」

そうだ。どうして今まで気づかなかったんだろう。

女の子をナンパする方法など自分には必要のないテクニックだったが、界の使う大技小技の見事さにはいつも感心させられた。けれど、ナンパの仕方と同じくらい、界はある分野に詳しかったのだ。

もし自分のことを知らなくても、界ならわかってくれるに違いない。そして、力になってくれるかもしれない。

泉はケーキの箱を抱え、ふうっと息を吐き出した。

界が、あの緒方《おがた》界のまま存在してくれていればの話だけど……ね。

国立の科学技術大学だからだろうか、キャンパスの中で女生徒はほとんど見かけず、男子生徒ばかりが目につく。

勉強のためとはいえ、界がこんな環境にいるのが不思議な気がした。

界がいるはずの宇宙物理学科の校舎を訪ね歩くうちに、食堂のテーブルでノートパソコンを開き、なにやら難しそうな計算式を組み立てているのを見つけた。

「勉強の邪魔して悪いんだけど……声かけていいかな？」

「……」

キーボードを叩いていた手が止まり、界が顔を上げた。そして、

「もうかけちゃってるけど、どうぞ」

泉の好きだった、目じりの切れ込んだひと重の目でにやりと笑った。

しかも、界の得意技を使ったら、ちゃんと反応してきた。

「君、ここじゃ初めて見るけど……どこかで会ったっけ？」

泉は胸の中でVサインを出しながら、にっこりと微笑《ほほえ》んだ。泉のことは知らないようだったが、何度も聞いたことのあるセリフを言った。

「何時代？　どこの国？　あ、それとも外のほうかな」

そう言って、人さし指でドーム型の天井を指す。つられるように上を見ると、人工衛星やスペースシャトルの模型が吊り下がっていた。

「プレアデス？　それともシリウス？」

ロマンチックだと思っているのか、女の子をナンパするとき、界は地球外の地名をよく口にしていた。

そして、別れるときには『じゃあ、またべつの人生で』などと言ったりする。

界は小さな頃、自分の過去生をいくつも覚えている子供で、その延長で精神世界に興味を持ち、大学で物理学を学ぶ傍《かたわ》ら、本業よりも熱心に超物理学や超心理学という、泉から見れば限りなくSFやファンタジー、いやオカルトに近い勉強をしている。

それで、好んでこういう言い回しをするらしい。

「相変わらずなんだな」

泉が苦笑いをすると、界は好奇心いっぱいの目でまっすぐに泉を見つめ返してきた。

泉は、話しても大丈夫だと確信した。

「界、高校生の頃にパラレルワールドの話聞かせてくれたことあるんだけど……あれ、もう一度聞かせてくれる？」

「……」

界は二、三度瞬《まばた》きをし、黒い瞳でじっと泉の目を見た。

「なんのこと言ってるかわかるよね？」

「わかるよ」

界は、きっぱりと答えた。

「おれ、そういう話こわいから嫌いで、界が話してくれたときちゃんと聞いてなくて……どういうことだったのか知りたくて来たんだ」

「その前にひとつだけ聞いていい？　そっちの世界で君と俺、恋人だった？　それとも…」

「だったじゃなくて、今でも親友だよ」

泉はそう言って笑うと、界の隣に座《すわ》って自己紹介をした。

「泉……会えて嬉しいよ」

話を聞き終えると、界はいきなり泉に抱きついてきた。食堂にいた数人の学生が、あっと声をあげたが、界は気にする様子もない。

男でも女でも、嬉しいとすぐにハグをする。これは界の悪い習性だ。女の子たちは喜んでいたが、自分にとって界は恋愛対象になりうる存在だったから、いつも戸惑った。そしてそれは、少しずつ界から遠ざかってしまった理由のひとつでもあった。

でも、今はただ、懐かしい感触に心底ほっとしていた。

映一もだが、こんなことを話して即信じてくれる人がいったい何人いるだろう。

界が運んできてくれた学食のコーヒーを飲みながら、泉はこれまでのすべての経緯を話して聞かせた。

「たぶん……戸籍がなかったり知り合いがいないのは、泉はこの現実では生まれてきてないんだよ」

界の言葉を聞いた瞬間、腕と背中にざわっと鳥肌が立った。

「ち、ちょっと……そんな普通の顔で、簡単に言わないでくれる？」

「わかった。尋常じゃない顔で、難しく言い直すよ」

界の冗談に、泉は思いっきり首を横に振った。

「相変わらずこわがりなんだな」

「え…？」

「冗談だよ」

どきっとした。界はこんなふうに、わざと人をこわがらせて喜ぶようなところがあったので、なにか思い出したんじゃないかと思った。でも、それを聞くのもこわいので受け流す。

「それじゃあ、本題に入ろうか？」

コーヒーをひと口飲み、界はパラレルワールドの話を始めた。

まず、現実はひとつではなく、平行して無限の可能性が横たわっているのだという。

そして、その中には自分がいない現実や、もう死んでいる現実もあるかもしれないし、微妙に違うだけのそっくりな現実も、メンバー総入れ替えの現実がある可能性もあるらしい。

全員で同意している世界情勢や地理などは共通しているけれど、身の周りの環境などは、日々の小さな選択の組み合わせによって簡単に変わってしまう。そして、なにかを心に決めたり、考え方や態度を大きく変えたとき、周りの人や状況が変わったように見えるのは、周波数の違う現実に視点がスライドしているだけで、じっさいは現実が変わったわけではない。

簡単に言うと、自分の別バージョンを体験しているということになる。

こわがりで理数オンチの泉にもわかりやすく、納得のいく説明だった。もちろん以前なら納得しようとしなかったかもしれないが、今の自分は納得せざるを得ない状況にいる。

でも、だとしたら……？

「もしかして……おれ、親が自分のこと見てくれないとかいじけてたから、こんな現実に来ちゃったのかも……あ、」

「なに？」

「映とケンカしたとき、橋の上から消えたら心配してくれるかも、なんて思ったりしたんだ。そっちかな……」

真剣に悩む泉に、界は額を押さえてくすっと笑った。

「相変わらず、可愛いことばっか言うのな」

「ちょっと、やめろってば。そういう冗談」

泉は本気で界に嚙みついた。

頭で理解できても、さっきからずっと背中がぞくぞくしているのだ。

「冗談でなくさ……自分の内面が現実のスクリーンに投影《とうえい》されるっていうのは、心理学や物理学の畑ではもう常識になってるじゃん」

「え、マジで⁉」

「スピリチュアルな世界と、サイエンスの世界の壁はどんどん薄くなってるんだよ」

「じゃあ、やっぱりこれは現実で……自分のせいでこんなことになったってこと？」

「まぁ……ね」

「……」

泉は、居心地悪くうつむいた。

「でも、泉が悪いからそうなったって考えは違うと思うな。必要があってそうしたって言ったほうがいい」

「言ったほうがいいって……どう言ったって同じだよ。なんで、こんな…」

「まぁ、落ち着けよ。いっぺんにわかろうとしなくていいんだから」

なだめるように言われ、泉はコーヒーをひと口飲み、小さく深呼吸をした。

「意識の変化でべつの現実を体験するっていうのはわかったけど、だったら、自分が生まれてきていない現実に来るっておかしくない？　そんなことってあるわけ？」

「それなんだよな……わかんないのは」

「えー……」

頼りにしていた界の口から、弱気な発言が飛び出し、泉は一気に力が抜ける。

「ごめん。こわがらせただけで、力になれなかったみたいだな」

「そんなことないよ。話、真剣に聞いてくれて、おれのことちゃんといるって認め…」

言いかけて、泉は言葉を呑み込んだ。

「どうした？」

「ううん。わかってくれる人がふたりになって、よかったなって」

「もうひとりは、彼氏にそっくりな同居人？」

泉がうなずくと、界は泉のよく知っているいたずら小僧みたいな顔になり、にっと白い歯を見せた。

「中身が違ってても、身体がまんまだと一緒に暮らすのつらくない？　あっち方面の欲望的に」

そのとおりなので、泉は素直に苦笑いをした。

残してきた映一のことが心配で、淋しくて、逢いたくてたまらないぶん、目の前にいる映一の身体を必要としてしまう。でも、身体だけが欲しいわけじゃなく……。

「あれ……？」

泉は、ふとあることに気づいた。

「そういえば……界、おれが男とつきあってるって聞いて、ぜんぜん驚かなかったよね」

「えっ？　てことは、君の親友の緒方界は違うんだ」

「……」

もしかして、さっきのは冗談でなく、マジでナンパしてたとか？　泉はくすっと笑うと、悪《いた》戯《ずら》っぽい顔で界を見た。

「界はUFOやSFと同じくらい、女の子が大好きだよ」

「……」

さっきまで学校の先生みたいだった界が、急に焦《あせ》っているのが可笑しい。

「で、なにげなくそういうのどう思うかって訊いたことあるんだけど……。人の自由だから判断はしない。でも、男が好きな男って自分にはわからないって言ってた」

「それはそれは……」

界は、肩をすくめて苦笑いをした。

「だから……界に話せなかったんだ。それで、大学が分かれてから、だんだん連絡取らなくなって……ごめん」

泉は、カップの中に視線を落とした。

「いいよ。その気持ちわかるから」

目の前にいるのは界で、でも自分の知ってる界とは違う。そいつが、いいよって許してくれた。

「なんか……ヘンな感じだね」

泉の言葉に、界はやさしく目を細めた。

「もとの世界に帰ったら、今日みたいにいきなり訪ねていって、俺のこと話してやりな。でもって、偏見持つと世界を味わい損《そこ》ねるぞって忠告しといてよ」

「伝えるけど……その前に、どうやったら帰れるのか教えてほしかったかも」

泉が情けない顔をすると、界はあははと豪快に笑い、それからまじめな顔になった。

「今ちょっと日本にいないけど、もうすぐ帰ってくるから、助けになれそうな人に会わせてやるよ」

「助けって…」

「どうしてこんなことが起きたのか、彼ならわかると思うんだ」

「ほんと!?」

「なに驚いてんだよ。だから、訪ねてきてくれたんだろ？」

「……」

泉は目を瞠《みは》り、すぐにうなずいた。

なぜだろう。界にそう言われると、本当はそうだった気がしてきた。

不思議だった。

以前の自分なら絶対に受け入れられない話に、ちゃんと耳を傾けることができた。

自分自身がありえない体験をしたことで、頭の中で制限の枠《わく》がはずれてしまったからかもしれない。

それに……毛嫌いしていた恋人や親友の不可解な趣味が、今こんな形で自分を助けてくれている。

仕方なくではあったけれど、映一は正体のわからない自分を家に置いてくれ、界は奇想天外な話をまるごと信じてくれた。

「映……？」

玉姫橋《たまひめ》の手前まで戻ってくると、親柱《おやばしら》のところに映一の姿が見えた。

「ずいぶん早いじゃん。なにやってんの？」

泉が声をかけると、映一は気まずそうに頭を掻《か》きながら振り返った。

「いや……こないだ、あっちで飼ってた猫が橋の上に現れたって言ってただろ？　気になってさ……」

「調査してるわけ？」

なにげなく訊《たず》ねながら、内心驚いていた。

自分は酔っていたし、映一は黙って聞き流しているみたいだったから、信じてくれてない、というか関心を持ってくれてないと思っていた。

「なんかわかった?」

「いや……なにも」

映一が申し訳なさそうな顔をしたので、

「でも……夕焼けがきれいだよ」

泉は暮れかかった西の空に目をやった。

低空の雲はすでに真っ黒になっているが、赤く染まった上空にはまだ、今日最後の陽光を反射しながら、桃色の雲がいくつも魚のように泳いでいる。

泉は、映一のセーターの背中をつかんだ。

「どうした?」

「あっちの映がね……たそがれどきに橋の上に立ってると、異界に連れていかれるってよく言ってたんだ」

「そりゃいけない」

冗談めかし、映一が肩に手をまわしてくる。

「人に見られるよ」

「男同士のカップルなら、玉姫さまもやきもち焼かないだろ。てか、焼けないよな」

「玉姫さまって……この橋の名前の？」

「目の前に住んでたのに、知らないのか？　この橋を護《まも》ってる神さまだよ」

でも、この神さま、男女のカップルが手をつないだり腕を組んで橋を渡ると、嫉妬をして男のほうを自分の世界へさらってしまうという言い伝えがあるらしい。

「カップルでボートに乗ると別れさせられるって、井《い》の頭《かしら》公園の弁天《べんてん》さまみたいなもんだな」

「どっちも知らなかった」

「おまえ、ほんとに民俗《みんぞく》学者の恋人だったのか？」

呆《あき》れ顔で言われ、泉は小さく肩をすくめた。

「おれ……映の仕事嫌いだったから」

「だった？」

「今は……仕方なく興味持ってる」

「仕方なく……ね」

そう、最初は仕方なく。けれど今は違う。目に見えないからといって、そこにいないとは限らない。そんなふうに思えるようになった。

ていうより、させられた……だけどね。

泉は、気づかれないように、１センチだけ映一に近寄った。

「おかしなやつだな。わざわざ行ったのに、なんで買ってこないんだよ」

大好きなケーキの店がそのままだったのが嬉しかった。夕食を食べながら報告しておいて、映一が食べようと言うとケーキはないと答えたので、当然のつっこみを入れられた。

いきなり界の話をするのを躊躇《ちゅうちょ》して、話さなくてもいいケーキの話をしてしまった。

「親友の界にあげちゃったんだ」

「親友って……こっちにおまえのこと知ってるやつがいたのか⁉」

珍しく映一が興奮した声を出し、泉は焦って身を退《ひ》いた。

「ち、違うよ。知らなかったけど……こういう話大好きなやつだから、話したらわかってくれたっていうか……すごい喜んでた」

「なんだ……」

映一は、がっかりしたように椅子に腰を下ろした。

「でも、助けになるかもしれない人紹介してくれるとか言ってた。だから、お礼にケーキあげてきたんだよ」

「本当か⁉」

「ほんとだよ。だからケーキないじゃん」

「馬鹿、ケーキの話じゃない。助けになる人を紹介してくれるって話だよ」

映一の真剣な顔に、思わず「嬉しいの？」と訊きそうになった。が、かろうじて呑み込み、笑顔を返す。

「だから、ここの電話番号教えちゃった」

「それはかまわない。少しでもなにかわかるんなら」

「興味津々《しんしん》なんだね」

「なに人ごとみたいなこと言ってんだ。手がかりが見つかって、もとの世界に帰れるかもしれないんだぞ」

「……」

笑おうとして、笑顔が引きつった。

そうだよねと言いたかったのに、言葉にならなかった。


デザートのゼリーを食べながら、泉は界に教えてもらったパラレルワールドの話を映一に聞かせた。

「てことは……おまえの恋人だった荻島映一は、俺が選んでないべつの人生ってことになるな」

自分の選んでいない人生。そう言われたら、界の言っていた『自分の別バージョン』という言葉より、さらによく理解できた。

「こんな話すんなり受け入れちゃうって、やっぱやーらかい頭してるよね。妖怪先生は……」

冗談めかして言ったのに、映一はスプーンをくわえ、まじめな顔で考え込んでいる。そして、

「どこかでは、ほんとの自分を生きてるやつがいるなら……俺も捨てたもんじゃないな」

ひとり言のようにつぶやいた。

「こっちの映は自分を捨ててるの？」

泉の問いに、映一はため息をつきながら苦笑する。

「そんな顔するなら、どうして映もそうしないんだよ。世間体《せけんてい》なんか気にするの、ぜんぜん映らしくないじゃん」

「らしいって、それはおまえの恋人の荻島映一だろ？」

苦笑いの顔のまま、映一はさっきの言葉を翻《ひるがえ》すようなことを言った。

「違う。おれが言ってるのは、目の前にいる荻島映一のことだよ」

映一はそれには答えず、自分は幼い頃に父を亡くし、母がひとりで育ててくれたからと言った。

『なにやってもいいから、人に後ろ指さされるようなことはしないでよね』

それだけしか言わない人だった。そして、どんなに忙しくて疲れていても、一日も欠かさず食事を作ってくれた。そんな母を裏切ることはできない。

ひどく常識的な、映一らしくない答えが返ってきた。

『だから、自分を偽《いつわ》って生きてるんだろ』

満月の夜の言葉を思い出す。

あっちの現実の映一の両親は今も健在《けんざい》だ。でも、だからといって、そんなことは理由になるだろうか。母親の言った『人に後ろ指さされるようなこと』に、女性と結婚しないことは本当に含まれているんだろうか。

しようと思えばいくらでも反論はできたけれど、泉はなにも言えなかった。

つまらない答えだったが、それは同時に誠実な答えでもあったから……。

でも、ここ数日の甘ったるい気分が、楽しい夢から覚めたときのようながっかりした気分に変わってしまった。

映一はいつか見合いをして結婚をする。だから、自分をもとの世界に帰したいと思っている。

それでいいはずなのに……。


べつに恋をしていたわけじゃない。なのに、気分は失恋だった。

助けになってくれる人がいるかもしれない。もとの世界に戻れるかもしれない。そのことを聞いて、映一は嬉しそうだった。

別人だけれど同じ姿で、でも、もしかすると同じ人かもしれなくて……。

いろんな情報や感情が、頭と心で飽和《ほうわ》状態になっているからだろうか。あの日からずっと、微熱が取れなくて身体がだるい。

朝から雨が降りつづき、空気は冷たく、空は一日じゅう暗かった。整理しなければいけないのに、考えれば考えるほど頭がぼうっとして、掃除や料理をするのも億劫《おっくう》だった。

「調子悪いなら休んでろ。今日は俺がなんか作るから」

ダイニングのテーブルでぼんやりしていたら、大学から戻った映一がそう声をかけてきた。窓のほうへ目をやると、外はすっかり真っ暗になっていた。

「実作はしてないけど、一応レシピは頭に入ってるんだ」

映一が腕まくりをするのを見て、泉はあわてて止めに入る。

「いい、やめてよ。おれ作るから」

映一はニュースは見ないのに、料理番組が好きでよく見ている。でも、泉が知る限り、料理をしたことは一度もない。

「映が作ったもの食べたら、ほんとに具合悪くなりそう」

映一は怒りもせず、それもそうだという顔をした。

「じゃ、今夜は外で……いや、雨ひどくなってきたから出前とるか？」

「おれ、龍龍《ロンロン》のかに玉食べたいっ」

「……」

苦笑いをする映一を見て、しまったと思ったが遅かった。

最近はずっと、あっちの映一のことは話題にしなかったのに、映一との思い出の食べ物をリクエストしてしまった。

「じゃ、いろいろ注文して思いっきり食おう」

映一が明るく言ってくれたので、泉は大きくうなずいた。

そのとき、リビングで電話が鳴りだした。瞬間、さっと体温が下がるような嫌な感じがした。

胸の中に抱えている不安が、センサーのようにそれを感じ取っていた。

きっと界からの電話だ。そう思った。

けれど、受け答えをする映一の言葉から、受話器の向こうにいるのが、映一の母親であることがわかった。

界からでないことにほっとしたのも束《つか》の間《ま》、なぜ嫌な予感がしたのかもわかってしまった。

用件は見合いだった。

映一の口から聞いて事情は知っている。でも、見合いだの結婚だのは、まだずっと先のことだと思っていた。

「そういうことは、おれがもとの世界に戻ってからやってよっ」

映一の口から、明日の日曜に見合いをすると聞かされ、思わずヒステリックなリアクションになる。

「コウモリでもヤモリでも、一応嫁なんだからさっ。失礼だよっ。てか、相手の女性にも…」

言いかけて、泉は唇を嚙んだ。

相手の女性のことなんて知らない。自分が行ってほしくないだけだ。

「こないだゴタゴタが起きてドタキャンしたのに、もう一回チャンスをつくってくれるって言ってきたらしいんだ。二度も断るわけにいかないだろ?」

「それ……いつ?」

「コウモリの嫁が来た日。あ、ヤモリか」

「……」

映一の冗談に反応する余裕がない。

水曜日の午後は、映一の講義はない。あの日、映一は見合いに行くはずだったのだ。

「不可抗力《ふかこうりょく》でとりあえず断れるかと思ってたんだけど、写真写りいいからなぁ……。全国の女子大生、女子高生からファンレターとか来るし、自分ちの生徒の誘い断るだけでも面倒《めんどう》なのに、参ったね」

映一も女生徒にすごく人気があった。でもそれは、ひとかけらの嘘もまとわず、飄々《ひょうひょう》と生きている人だからで、みんな映一が女性を相手にしないことを知っていて慕《した》っていた。

「女子大生にモテたって、嬉しくもなんともないくせに」

「生徒にモテて嫌な気はしないさ」

「相手の人、きっと映のこと気に入ったんだよ。ハンサムで大学の先生で……ちょっと見はやさしげで……」

「ちょっと見ってなんだよ」

苦笑いをする映一を、泉はさらにやんわりと責め立てる。

「映は向こうが気に入ったら、結婚しちゃうんだよね。どうせ誰でもいいんだから」

「誰でもいいわけないだろ」

少し怒った顔をする映一に、泉は大げさに肩をすくめてみせる。

「へぇ……彼女は映の好みのタイプなわけ？　美人？」

「いや……見合い写真見てないから」

「そかそか。お母さんが気に入った人ならオッケーなんだ」

映一の心の事情を知っていて、わざと傷つけるような言葉を選んでしまう。

「似てるけど、そっくりだけど……あんたは映じゃない。少なくともおれの恋人の荻島映一じゃない」

「だから、最初から言ってるだろ。俺はおまえのことなんか知らないって」

「……」

おまえのことなんか知らない。

ほかの誰に言われてもいい。でも、映一にだけは言われたくなかった。

「……だよね。だから、おれが帰っちゃうのが嬉しいんだよね。厄介払《やっかいばら》いできるから……」

力なく笑うと、泉は部屋から飛び出していった。


川がべつの世界に通じる場所なら、飛び込んだら戻れるかもしれない。

雨に打たれながら、玉姫橋の真ん中から川を覗き込む。我ながらワンパターンな家出だけれど、雨の中を飛び出したのは初めてだった。

橋燈《きょうとう》が灯《とも》っているが、川は真っ暗で、激しく流れる水音だけが聞こえてくる。

「……？」

足元になにかの気配を感じ、泉はびくっとなって下を見た。

カニタマが、小さな頭を泉の足にすり寄せている。

雨が降っているのに、カニタマは濡《ぬ》れていない。姿は見えているけれど、本当はここにはいないのだろう。界に借りたSF映画に出てきた、立体テレビ電話のホログラムの人物みたいに……。

「久しぶり。化《ば》け猫《ねこ》ちゃん」

泉は雨に濡れながら、カニタマに笑いかけた。カニタマは泉を見上げ、マタタビをねだるときの瞬《まばた》きをした。

「そんな甘ったれた顔して……どうせまたおれのこと置いて、自分だけ映のとこへ帰っちゃうんだろ……」

泉は欄干に突《つ》っ伏《ぷ》した。

こんな夢、早く覚めてほしい。現実だなんて信じない。

お願いだから……早く……。

にゃあっとカニタマが鳴いたので、泉は顔を上げた。

激しい雨音の中、猫ではない気配を感じて振り返ると、映一が傘を差して立っていた。

カニタマは映一に近づき、二、三度足に頭をすり寄せ、そのまま映一の足をするりと通り抜けていった。

白く煙る雨の中、ちりちりという鈴の音《ね》が、カニタマの残像といっしょに消えていく。

やっぱり、おれのこと置いて帰っちゃうんだな……。

「こんなとこに立ってるとさらわれるぞ」

別人のくせに、映一と同じセリフ言うなよな……。びしょ濡れの前髪をかきあげながら、泉は笑った。

「さらわれたいんだ。おれのこと見てくれるやつなら、妖怪でも魔物でも誰でも…っ…」

映一は泉の腕を引き、傘の中に引き入れた。そして、そのままきつく抱きしめる。

「じゃあ、俺がさらってやる。その代わり、もうあっちに戻れなくなるぞ」

「映……」

泉は映一にしがみついたまま、顔を見上げた。

キスして……。言おうとしたら、映一が口づけてきた。

傘が橋の上を転がる音がした。

帰れなくてもいい。

冷たい雨に打たれながら、理性がとろけそうな熱いキスに、本気で思った。

「あ……」

映一の胸を押し返そうとし、足元がふらついた。

「あは……カッコわる。こんなキス久しぶりだったから、くらくらしちゃった」

欄干に手をかけながら、弱々しく笑う。

「きっと、エッチも最高なんだろうね。けど……やっぱ遠慮しとく。あんたの人生に干渉する権利、よそ者のおれにはないもんね」

「定番どおり、正体がバレたらやっぱり帰るんだな」

抱きしめられ、泉は泣きながら映一にしがみついた。

今の生活は、いわば浦島太郎が竜宮城《りゅうぐうじょう》にいるようなものだ。楽しくもきらびやかでもないけれど、自分が本来属していない仮の現実にいるという意味で。

映一の体温を感じながら、映一が自分にふれなかった理由《わけ》に、泉はやっと気がついた。

いつかは別れなくてはいけない。

考えないようにしていたけれど、いつまでもここにいられないことは、自分も映一もわかっている。そうでなくては困ることも……。

この世界の映一に抱かれてしまったら、大好きな映一のいる世界に帰ることが死ぬほどつらくなってしまう。

「帰ろう」

映一が言った。

「どこへ？」

泉が訊くと、映一は泉の手をとって微笑んだ。

「俺たちの家に決まってるだろ」

熱いシャワーを浴びて服を着替えると、映一が龍龍からかに玉以外にもいろんなものを出前してもらってくれたが、食欲はすっかりなくなっていた。

映一が心配そうな顔をするので無理に口に運んだが、すぐに吐いてしまった。

そして、夜中になって高熱を出し、リアルなのにつじつまの合わない、居心地の悪い夢をいくつも見た。

「映……」

助けを求めるように名前を呼ぶと、そっと手を握ってくれる。

夢はこっちの現実とあっちの現実がごちゃまぜで、そのどちらにも映一がいた。

今、自分の手を握ってくれているのがどっちの映一なのか、自分が呼んでいるのがどっちの映一なのか、わからなくなっていた。

わかるのは、どちらも自分にとって大切な人だということだけだった。


翌日の日曜日、雨雲はいっせいにどこかへ旅立っていってしまい、空は隅々まで青く晴れ渡っていた。

雨に洗われた空気はしっとりと冷たく、微《かす》かに冬の気配を含んでいた。

部屋に少し風を入れたあと、映一はそっと窓を閉めた。

「37度5分か……。なんか食べられそうか？」

体温計をケースにしまいながら、映一が訊いてくれる。泉は首を横に振った。

「とにかく、一日おとなしく寝てるんだな」

そうだった。映一には今日、大切な用があるのだ。

「心配しなくても、俺、家にいるから」

「なに言ってんだよ。見合いじゃん」

「断るよ」

「……！」

泉が驚いて顔を見ると、

「病人をひとりで置いとけないだろ」

映一は静かにカーテンを閉じた。

「なにそれ……」

「え…？」

映一が不思議そうな顔で振り返る。

「おれが熱出さなかったら行ってたんなら、行けよ」

泉は映一をまっすぐにらみつけた。

「お母さんが悲しむとか、見合い相手に悪いとか……映はいっつも人のせいじゃん。断るなら誰かのせいになんかしないで、ほんとのこと言って断りなよ。お母さんにも相手の女性にも」

「できるならとっくにやってるさ」

できないんじゃなくて、しないんだよね。映はほんとの自分を選ばないだけなんだ。

「じゃあ、中途半端はやめて、きっちり偽物の人生選びなよ。言い訳なんかしないで、行ってちゃんと見合いしてきなよ」

「……」

「おれはひとりでも平気だから……ていうか、あんたの顔見てないほうが早く治りそうだから、さっさと行けよ」

「わかった」

映一は部屋に着替えに行き、すぐにスーツ姿で戻ってきた。

「著者近影の荻島先生だ。カッコいー」

泉は茶化《ちゃか》すように明るい声で言った。でも、嘘ではなかった。

「彼女、一発で落ちるな」

「絶対だよ。がんばって」

「ああ」

泉が後押しをすると、映一は簡単にそれに従った。

自分が行けと言ったのに、ドアが閉まる音を聞いた瞬間、消えていた境界線が再びくっきりと引かれるのを感じた。

悲しいことに、それを引いたのは自分自身だった。

がんばってなんて嘘をついて……。自分のほうこそ、母親がどうだとか見合い相手がどうだとか……ぜんぶ人のせいだ。ぜんぶ嘘だ。

見合いなんてしないでほしい。ほかの人のものになんてならないでほしい。

どうして、なにもまとわない裸の心をさらけ出せなかったんだろう。

ここへ来たときは丸裸だったくせに……ね。

泉はくくっと笑い、それから毛布を頭からかぶった。


「なんだよ。忘れ物って……」

泉は半身を起こし、呆れ顔で映一を見た。

出ていって三十分もしないうちに戻ってきたと思ったら、重大な忘れものをしたのだと言う。

「おまえのエサ置いてくの、忘れてたなって……」

泉はカッと目の下を赤くし、

「食欲なんかないって言っただろっ」

映一を怒鳴《どな》りつけた。

「これなら、食えるかと思ってさ」

「え…?」

手渡された淡いブルーの箱を見て、泉は目を瞬かせた。

「二回すっぽかしたら、たとえどんな女神さまでも愛想尽《あいそつ》かしてるだろうな」

「馬鹿っ」

「最後まで話を聞けって言ってるだろ」

少し怒った顔になる映一を、泉はもっと怒った顔でにらみつける。

「聞いてやるから言いなよ」

「電話でおふくろにほんとのこと話した」

泉は、ケーキの箱を持ったまま固まった。

「今日の空の色見たか？」

「空……？」

思わず窓のほうを見る。カーテンが閉まっているのを、映一がそっと開いた。

「あの透き通った青見てたら、急にこわくなったんだ」

「きれいじゃん……」

泉は、なにを言ってるんだという顔をした。

「このまま、いちばん大切なものを抱きしめそびれたまま人生終わるのかと思ったら……初めて、ほんとにこわいと思った」

映一がため息をつくのを見て、泉は不安そうに顔を見た。

「お母さん……なんて？」

「さぁ……」

「さぁってなんだよ」

人ごとみたいな返事に、泉は眉を寄せた。

「一気にまくし立てられて、ほとんど聞き取れなかったんだよ。それより、俺が殺されないように祈ってくれないか？」

「馬鹿……」

泉はケーキの箱を見つめながらつぶやき、映一は肩をすくめて苦笑した。

「どっちにしても、馬鹿って言われるんだな」

泉もつられるように苦笑いをする。

やってしまったものはしょうがない。

それに……。

「ケーキ食べていい？　急にお腹へっちゃった」

泉は明るく言った。

ほっとした。映一が戻ってきてくれた。素直な気持ちが声に出てしまう。

なにひとつ解決していないのに、今ここにいてくれることが嬉しい。

映一は、本当の自分を選んでくれた。

「なんかいっぱい入ってそうじゃん。映もいっしょに食べ…」

箱を開けたとたん、泉は言葉を失い、目を見開いた。丸くくり抜いたマスクメロンののったショートケーキがびっしりと並んでいる。

「これがいちばんうまそうだったから買ったんだけど……嫌いなやつだったか？」

「好きだよ。けど……なんでおんなじのばっか、こんなに買ってくんだよ。十個も買うなら、普通いろいろ混ぜて買うだろ…っ…」

言いながら、泉の目には涙が浮かんでくる。

「しょうがないだろ。俺、そういう気が回らないタイプなんだよ」

「わかってるよっ」

「わかってるなら、困らせるなよ」

「これ……エリゼのケーキの中で、おれのいちばん好きなやつなんだ」

「へ…？」

「映がよく大学の帰りに、わざわざひと駅前で降りて買ってきてくれてたんだ。いちばん好きだって言ったら、馬鹿のひとつ覚えみたいにこればっか……」

泉は、手のひらで頬《ほお》を拭《ふ》きながら笑った。

店の名前は言ったけれど、好きなケーキがどれかなどひと言も話さなかった。なのに……映一は、三十種類もあるケーキの中からこれを選んできてくれた。

「今まで正直に生きてなかった罰だな……」

「え…？」

「こんなもので……おまえとあいつが、どんなふうに愛しあってたか思い知らされるとはな……」

「どういう……意味？」

泉は、驚いて映一の顔を見る。

「い、いや……同じ自分でも、ずいぶんと趣味が違うもんだなってさ」

映一はあわてて否定した。一瞬、好きだと言ってくれるのかと思ったのに……。

「そうだよ。こっちの映は人を見る目がないんだよ。こんな美人の嫁に手ぇ出さないなんて……どうしようもない腰抜けだよっ」

泣きながら、泉は手づかみでケーキを食べ始めた。

好きになっちゃいけない。そう思えば思うだけ好きになっていった。

大好きな男と、そっくりなもうひとりの男を、いつの間にか同じだけ好きになってしまっていた。

自分を待っている人のもとへ帰りたい。

それなのに……。

「泣くなよ」

うなずきながら、でも、涙が止まらない。

「俺が絶対に帰してやるから。おまえの荻島映一のところへ」

愛してるってわかったとたん、ふられるなんて……やっぱり悪夢だ。
泉はケーキに嚙みつき、泣き笑いしながら、胸の中でつぶやいた。
こんなやさしくて残酷なふり方って、ちょっと現実にはないよね……。

4

いつの間にか川の縁《ふち》から虫の声が消え、季節は秋から冬へと変わろうとしていた。

風の温度が下がるたびに、映一《えいいち》がセーターやマフラーを買ってきてくれるので、自分がいた部屋と同じ温《ぬく》もりが、部屋にも泉《いずみ》の中にも毎日少しずつ増えていった。

泉は家事をきちんとこなしながら、映一の研究室でもまじめな助手を務《つと》めている。

質問があると言っては、映一目当ての女生徒たちが訪ねてきたが、彼女たちとも妖怪や伝説の話を交《か》わすようになっていた。

「先生、若くてきれいな私たちにちっともなびかないのって、可愛《かわい》い助手くんのせいじゃないんですかぁ？」

映一がきわどい質問をされ、「単位は保証するからオフレコで頼むよ」などと笑いながら答えるのを、楽しく、どこか淋《さび》しく感じながら眺《なが》めている。

けれど、明るくて屈託《くったく》のない女の子たちといっしょに、差し入れにもらったクッキーやケーキでお茶をするのは心が和《なご》んだ。

あれからコウモリのキューちゃんは現れないが、研究室には野良猫や鳥たちが訪《おとず》れ、映一に煮干しやパンくずをもらっては帰ってゆく。

映一が小さな生き物たちを慈《いつく》しむ姿を見ていると、ふともとの現実の中に戻ったんじゃないかと錯覚することがある。

信じがたいことが自分の身に起きてしまったことなど忘れそうになるくらい、時間はゆるやかに流れていた。

でも、この穏《おだ》やかさが、嵐の前の静けさのようにも思えてこわかった。

いつも話題にしていたもうひとりの荻島《おぎしま》映一のことを、なぜかお互いに口にしなくなってしまった。

龍龍《ロンロン》の出前をとることも、エリゼのケーキを買ってくることもしなかった。

その理由をお互いに知っていて、けれど、けして言葉にはしなかった。

自分はもちろん、コウモリやヤモリではなく人間だし、コウモリの嫁などというのを、映一も最初は冗談で言いだしたのだろうけれど……皮肉にもそれが、今になって本当のことのように思えてきた。

映一の部屋にある本を読むようになって、異類女房譚《いるいにょうぼうたん》にはひとつのルールがあることがわかった。

嫁は必ずもとの世界に帰ってゆき、ふたりが夫婦でいつづけることはできない。つまり、ラストはけしてハッピーエンドにはならない。

そういうことだった。


別れを意識してから、気がかりがもうひとつ増えてしまった。

ここにずっといるわけでもないのに、映一の人生を自分の都合で狂わせたのではと、泉は思い始めていた。

映一の母はわかってくれたが、怒って口をきいてくれないらしい。映一は時間が解決してくれるよと笑っていた。親子なんだから……と。

でも、もしあの日、自分が映一の部屋に現れなかったら……。映一は違った人生を送っていたに違いない。真実ではないとしても、誰かを傷つけることのない普通の……。

最初は恩返しなんて冗談で、ただ義務で家事をしているだけだった。

でも、今は違う。映一のためになにかしたい。本気でそう思っている。

身の回りのことをする以外に、自分になにができるだろうと考えたら、ここへ来た頃に言われた言葉を思い出した。

『玉姫《たまひめ》橋の絵、描いてくれよ』

泉はいつも通っていた御茶《おちゃ》ノ水《みず》の画材屋に行き、助手のアルバイトでもらった金で絵の具やスケッチブックを買ってきた。

そして映一には内緒で、バイトのない日に聖人橋《しょうじん》から玉姫橋の風景を何枚もスケッチした。

精神的に描けなくなっていたのが嘘のように、風景を紙に写し取るのがただもう楽しかった。

ひんやりとした川風に吹かれながら、都市の渓谷《けいこく》に架《か》かる美しい橋を描くのは、泉を鎌倉の海で絵を描いていたときと同じ気持ちにさせてくれた。

波の音を聴きながら、感じていることを自由に線や色にしていくと、目の前にいる誰かに話を聞いてもらっているのと同じ気分になってくる。

父の絵を描けば父が、母の絵を描けば母がそばにいて聞いてくれる。そして、行ってみたい場所を描けばいっしょに行くこともできた。

泉にとって絵を描くことは、淋しさを紛《まぎ》らわすだけの手段ではなく、世界とつながるためのわくわくする魔法でもあった。

今もそうだ。見えている風景を紙に写しているだけじゃない。感じていることを、言葉を使わず白い紙に映し出している。

映を想ってる。その気持ちが、ペンから紙の上に音楽のように流れ出し、風景と自分がひとつに溶けあっている。

喜んでくれるかな……。

子供のように無邪気な気持ちが戻ってきて、そんな自分が可笑《おか》しくて、思わず笑ってしまう。

でも、すぐに涙が出てきた。

さよならが来たときに、この気持ちをどうすればいいかわからない。

恋人の映一と離れているのがつらいのと同じくらい、こっちの映一と別れるのがつらい。

泉は、映一が買ってくれたココア色のマフラーをかき寄せ、そっと唇をつけた。


いつからだろう。休みの日には、映一が買い出しにつきあってくれるようになっていた。

ゆっくりと、けれど時間は確実に過ぎ、カレンダーは十一月になり、露地《ろじ》ものの春菊《しゅんぎく》がスーパーに出回るようになった。

「映、春菊好きだよね」

口にしてしまってから、泉ははっとしてうつむいた。春菊が好きなのはあっちの映一だった。

寒い季節になったら、山ほど入れて鍋やすき焼きをしよう。珍しく映一が言いだし、まだ夏なのに、ふたりでホームセンターに行って早々と土鍋《どなべ》と鉄鍋《てつなべ》を買ってきた。

「好きだよ」

春菊がではなく、自分を好きだと言ってくれたように聞こえた。くすぐったいような嬉しさと、同じだけの後ろめたさが苦しい。

「……おれも」

「んじゃ、いっぱい買おう」

映一はカートの中へ、つぎつぎと春菊の束を放り込んだ。

「そんなにどうやって食べんだよ」

「おひたし、胡麻和《ごまあ》え、卵とじ。味噌汁、かき揚げ、スープに鍋……まだまだあるぞ」

「わかったから、もういいよ」

春菊を使った料理の名前をすらすらと口にする映一を、泉は笑いながら止めた。

「レシピばっか知ってて、ぜんぜん作らない人ってほんとわかんないんだけど」

「恋人に食べたいもの訊《き》かれたときに、すぐに答えられるように勉強してるんだろ」

恋人……。その言葉に身体が正直に反応してしまう。恋人どころか嫁の座にいるのに、こんな単語に戸惑うなんて……。

甘ったるくて、ぎこちない。まるで初めての恋をしてるみたいに……。

「そういうことだったのね」

いきなり言われ、泉はどきっとして振り返った。

二十代半《なか》ばくらいの、見知らぬ女性が片手を腰に当て、もう一方の手にセロリを持って立っている。

さらさらの長い髪で、大きな切れ長の目が印象的な和風美人だが、着ているのはラフなセーターとジーンズ。しかも、怒っているらしく、顔がこわい。

「映……誰？」

映一が「さぁ」と首をかしげると、女性はセロリの葉をマイクのように映一に向けてきた。

「たしかにあの写真は、ふだんよりちょっと化粧が濃かったかもしれないけど……わからないほどじゃないでしょ？　荻島センセ」

「あ、ああ……」

映一は心当たりのある顔をしたが、名前が出てこないのか、申し訳なさそうに苦笑いをした。

「川原結子《かわはらゆうこ》。二回もすっぽかしたくなる女の名前なんて、覚えてないわよね」

泉は思わず、あっと小さく声をあげた。この女性は、映一の見合い相手に違いない。

「ほら、私って見てのとおりの美人だから、それなりに男にはモテてきた歴史があるわけじゃない。こんな仕打ちされたの初めてだから、どんな男か見てやろうって、思わずストーキングしちゃったわよ」

当然だが、映一の母は結子に本当の理由を言えなかったらしい。

「申し訳ない」

頭を下げる映一に、泉は結子の前に歩み出た。

「待って。悪いのは映じゃなくて…」

「説明はご無用」

結子は、泉の口を人差し指で塞《ふさ》いだ。

「さっきからふたりの様子見させてもらって、よーくわかったわ。二回とも、この美人の坊やのためだったのね」

「そういうんじゃなくてっ」

「いや、そうなんだ」

「たしかに二回とも邪魔したけど…」

「どっちなのよ」

結子ににらまれ、

「ごめんなさいっ」

今度は泉が頭を下げた。が、結子はセロリの葉を振って顔を上げさせた。

「謝ってほしいんじゃないわ。男の子の恋人がいるのに、どうしてお見合いなんてしたのか、先生の口から聞かせてほしいの」

映一を責めたてているのに、泉はなぜか結子に好感を持った。いや、むしろ親近感のような……。

それに、結子の言い分はもっともだと思った。

「ほんとのこと教えてあげたら？」

母親のためだったと言えばわかってもらえると思う。許せなくても、気持ちだけは。

「……そうだな」

「そうよ」

「じつは……こいつは風の強い日に研究室で助けたコウモリで、人間の姿でやってきて、恩返ししたいって言うから嫁にしたんだ」

なに言ってんだよ……。泉は呆気《あっけ》にとられて映一を見た。

が、結子はなぜか大ウケして笑いだしてしまった。

「やっぱり会いに来た甲斐《かい》があったわ。私たち友達になれそう。ううん、なりましょ」

結子は映一と泉の手をとって、嬉しそうに言った。

ヘンな女。あんなに怒ってたのに、コウモリの嫁もらう男だと許すんだ。

「もしかして、あなたも映と同じ趣味の人？」

「趣味じゃなくて、同罪よ」

「同罪……？」

「ごめんなさいっ。私、彼氏がいるのに好奇心でお見合いしちゃったのっ」

今度は結子が深々と頭を下げた。

「先生の写真見てすごく懐かしい気がしたの。会わなきゃいけないって、そう思って……だから、一度断られたけど、プライド捨ててもう一度って思ったの。残念ながら、あなたはぜんぜん思わなかったみたいだけど」

「ていうか、この人見合い写真一回も見てな…んんー」

映一は、よけいなことを言いだす泉の口を塞いだ。

結子はくすっと笑って、セロリの葉を映一の顔のそばでしゃらしゃらとさせた。

「民俗学《みんぞく》の先生だっていうのもすごく心惹《こころひ》かれたんだけど……それだけじゃないみたい。どこかで会ったことあるのかしら」

「いや……こんな美人と会ったら顔忘れないから、それはないよな？」

「そうよねぇ」

調子のいい映一と、自信満々の結子。ふたりに同意を求められ、泉は呆れながらうなずいた。

「って言いたいところだけど……違うの。私たちどこかの人生で、昔会ったことがあるかしらって訊《き》いたの」

ためらいもなく、結子は界《かい》のようなことを言った。最近はこういうことを受け入れる人が増えたのだろうか……。

「あなたたちも知りたくない？」

「あなたたちって、おれも？」

泉は自分を指差して、不思議そうに結子の顔を見た。結子は大きくうなずき、にっこりと微笑んだ。

結子はなぜか、映一と泉に自分の彼氏と会ってほしいと言い、映一と泉は結子と連絡先を教えあって別れた。

「美人だけど、ヘンな女だったなぁ」

水洗いをした春菊を泉に手渡しながら、映一はしみじみと言った。

買い物だけでなく、映一は最近、時間があれば料理の助手をしてくれる。嬉しいけれど、自分がいなくなったときのために練習をしているんじゃないかと思うと堪《たま》らなくなる。

「雪女《ゆきおんな》や蛇女《へびおんな》は平気なのに、人間の女がこわいの？」

胸の内を隠して、泉は悪戯《いたずら》っぽく笑った。

「こわいよ。妖怪やお化《ば》けなんかよりずうっとね」

「とくにお母さんが？」

泉の皮肉のこもった冗談に、映一は苦笑いをする。

「でも、おれ……なんか結子さんのこと好きかも。理由わかんないんだけど……」

ばらした春菊を鍋の中に落としながら、泉は首をかしげた。

「似てるもんな。彼女とおまえ」

「えー、どこが!?」

「美人だけどヘンなとこ」

ヘンだけよけいだよ。泉は目の下を赤くしながら、スープをよそった小皿を差し出す。

「この味どう?」

「俺、もうちょい辛《から》いほうがいいかも」

答えが返ってくる。まっすぐに自分に。

それが単純に嬉しい。

なんでもいいじゃなくて、こうしてほしいと言ってもらえる幸せ。馬鹿みたいで、ささやかで、でも切実に欲しかったものを毎日与えてもらっている。

あの絵、喜んでくれるだろうか……。


「うん……じゃあ、映の都合聞いて折り返し電話する」

数日後の夜、界から電話がかかってきた。

界に会ったときには、すがるような気持ちで期待していたのに、電話を受けたとき、不安が胸いっぱいに広がった。

「親友からか?」

受話器を置くと、映一がそばに来て言った。

「訊かなくても、この世界でおれに電話してくるのって、映以外には界しかいないじゃん」

泉は、じろりと映一をにらんだ。

「いい報《しら》せじゃなかったのか？」

映にはいい報せだよ。泉は首を横に振った。

「界が……ていうか、助けになってくれるって人が、映もいっしょに来たほうがいいって」

「俺もそう思ってた」

どきっとして映一の顔を見る。

「行きたいの？　そんなに……」

おれのことあっちに帰したい？

「そりゃ、行くさ。俺じゃどうすることもできないから、助けになってくれるって人がいたら……世界じゅうどこへでも」

ありがとう。言うべきセリフはそれしかないのに、素直に言えない自分が悲しい。

「映の好きなジャンルだもんね。普通の人が見えないものが見える人……なんてさ」

「見えないものが見える？」

「人間のオーラが見えるんだってさ。で、オーラの層の中にある、その人の過去から未来までの情報が読めるって……。そんなの、信じられる？」

「嘘でもほんとでも、とりあえず会ってみるしかないだろ」

「さすが不思議オタクだね」

「ちょっと畑が違うけどな」

「おれから見たら同じだよ。けど、インドやチベットじゃなくて、近場にいてよかったね。交通費かからないから」

「まったくだ」

そんなふうに笑わないでよ。笑わせようと思って冗談を言ったんじゃない。不安で、思ったままを口にするのがこわいから……。

泉は、映一の顔を見ようとしてやめた。

ほんの少しでも、映一はこわいとか不安だとか思わないんだろうか。

会わせてもらう人がどんな人かとか、助けになってもらえるかとかじゃなく……。


日曜日の午後、界が映一と泉を連れてきたのは、伽藍堂《がらんどう》という和風アンティークの喫茶店だった。

コーヒーを煎《い》る香ばしい匂《にお》いが染《し》みついた店内には、深みのある色のテーブルや椅子、古くて趣《おもむき》のあるランプや火鉢《ひばち》などの小道具が置かれている。店の名前が少し宗教っぽい気がしたが、とくに不思議なものや怪しいものは見当たらなかった。

自分たち三人のほかに客がいないのは、ドアに準備中の札が下がっていたからだろう。人に聞かせられない話をするのだという気配に、界に勧《すす》められるままに、黒光りのする一枚板のカウンターに映一と並んで座りながら、泉は落ち着きなく視線を泳がせた。

カウンターの中には、鼻の下に髭《ひげ》を蓄《たくわ》えた三十半ばくらいのひょろりとした男性がいて、

「よくいらっしゃいましたね」

やさしげな目を細めて言ったので、映一と泉は頭を下げて挨拶《あいさつ》をした。

「泉と先生のいきさつについては、ぜんぶマスターに話してあるから」

この人が、助けになってくれる人らしい。いかにも喫茶店のマスターという風情《ふぜい》の普通っぽい人で、泉は少しほっとする。

「タイミングはぴったりです。さっそく話を始めましょう」

穏やかだが響きのある声のせいだろうか、見た目は喫茶店のマスターなのに、泉はなぜか位《くらい》の高い僧侶《そうりょ》を連想した。

マスターが香りの高いコーヒーをサイフォンからカップに注《そそ》ぐと、

「どうぞー」

界が慣れた様子でさっとカウンターに運んでくる。

マスターは映一と泉を交互に見、静かに語り始めた。

「あなたたちふたりには、予《あらかじ》め取《と》り交《か》わしていた約束があるんです。正しくは僕や界、それからほかにも……。でも、ここはあなたたちふたりにフォーカスして話すことにしましょう」

映一の喉《のど》がごくりと鳴り、泉は持ち上げかけたカップをソーサーに戻した。

「約束というのは……いつですか？」

映一が、いつになくまじめな声で訊いた。

「今回のひとつ前の人生です」

「前世……ということですね」

映一がためらいがちに訊くと、マスターはひょいと眉を上げた。

「あなたのいる分野の文献には、しょっちゅう出てくる概念ですよね？　万葉集《まんようしゅう》なんかにも、来世での約束の歌なんていうのがあるみたいですし……」

「マイナーな歌なのによくご存知ですね」

「いえ、知りません。あなたの波動《はどう》の中の情報を読んでいるだけです」

界は見えないものが見える人などという言い方をしていたが、ようするに透視能力のあるサイキックらしい。他人には知られたくない、自分の中のあれこれを読み取られるのではと、泉は身体を硬くした。

「心配なく。テーマに関係のない情報や映像は見ないようにしていますから」

と、言いながら、マスターは泉の不安をしっかり読み取っていた。

「映、おれ……帰りたい」

「どうした？　大丈夫だよ」

膝《ひざ》の上に置いた泉の手が震えているのに気づき、映一がそっと手をつないできた。

「こわい目ならもう遭《あ》ってるだろ」

冗談っぽく言ってくれるが、震えが止まらない。映一にはわからないんだろうか。自分がなにをこわがっているのか……。

「話をつづけていいですか？」

マスターは泉を見て、念を押すように言った。聞く気があるのか確認されたらしい。

泉は映一の手を強く握り、返事をせずにうつむいた。代わりに映一がうなずく。

「あなたが異界との交流の物語に興味を持っているのは、偶然ではありませんね？」

「え…？」

「なぜその分野に惹《ひ》かれ、教える立場を選択したのか……それはあなたが、深いところでは、現実がひとつではないことを知っているからです」

たしかに、映一は異世界の研究者だけれど、それは物語の中のできごとで、界が話してくれたパラレルワールドなんていうのは専門外のような気がする。

「界が話しているようなので、説明は省《はぶ》いていいですよね？」

泉はどきっとして飛び上がった。代わりに映一が「大丈夫です」と答え、それを見て、界がくすくすと笑った。

泉がじろりと界をにらむと、

「コーヒー、冷めないうちにどうぞ」

マスターがとりなすように泉に微笑みかけた。

手が震えそうで、カップを両手で包むようにしてひと口飲む。コーヒーにはほどよい苦みとコクがあり、ざわざわしていた気持ちが心なしか落ち着いてきた。

「界が話したことを、イメージとして理解できますか？」

映一といっしょに泉もうなずいた。

マスターは、過去生の詳細を知りすぎることは今を生きる妨《さまた》げになるので、ふたりの性別と、どこで生まれ、どんな身分だったかは省き、テーマに必要なエッセンスだけをリーディングすると言った。

「あなた方ふたりは、過去にも恋人だったことがあります。そして、何度生まれ変わっても、お互いがどんなに離れた場所にいても、どちらかが本当の自分を見失いそうになっていたら、必ずサポートするために駆《か》けつけると約束していたんです」

「そ、そんな……今の自分が理解できないこと、なんで約束なんか……」

泉が蒼《あお》ざめた顔で映一の腕をつかむのを見て、マスターは目を細めた。

「あなたがこの場から逃げ出さないように、そこはこういう考えが普通な場所だったとだけ言っておきましょう」

泉はカッと赤くなって映一の腕を放し、それから、えっという顔になってまたしがみついた。

お願いだから、地球じゃない場所とか言わないでよ。

マスターはゆったりと微笑み、泉はさらに身体を硬くした。

映一は泉を見て苦笑いをすると、まっすぐにマスターの目を見た。

「じゃあ、今度のことは…」

「わざわざ来たってことは……だよなぁ」

界が割り込み、にやにやと笑いながら泉の顔を覗き込んだ。

「な、なにが…っ…」

「あなたが先生を、助けに来たということです」

マスターがきっぱりと言い、泉は目を瞠《みは》り、それから子供のように首を横に振った。

「悪いけど……おれ、こういう話……今は必要に迫られてちょっとは免疫《めんえき》できたけど、大嫌いで……信じてなかったし、こわかったし……ていうか今でもこわくて……自分からこんなこと選ぶなんて考えられないっ」

界が、ぷっと吹き出した。

「なんだよっ」

赤くなって抗議する泉に、マスターは幼い子供を見るような眼差《まなざ》しを向けた。

「こわいとか信じないとか、精神世界を毛嫌いしてる人ほど、ほんとは深いところでその仕組みをよく知っているんです。しかも、パワフルな能力を持っていたりします」

「すごいじゃん。どうする?」

泉をからかう界を視線でやんわりと制し、マスターは泉の目を見た。

「だからあなたは、見えている世界と見えていない世界の境界線を探求する人を、わざわざ恋人に選んだんじゃないんですか？」

「……」

マスターの言葉が、考える間もなくすとんと身体の中に入ってきた。知っている言葉で言うなら、〝腑《ふ》に落ちた〟ということだろうか……。

「あなたはこわがりどころか、ものすごい勇気を持った人です」

「ほんとだよ。いくら恋人との約束でも、俺だったら、自分の生まれてきてない世界なんかこわくて来れないって」

「でも……おれ、ただ来ただけで、映のためにまだなにも…」

「いいえ、ちゃんと約束は果たされつつありますよ」

「え…？」

目を瞬《またた》かせる泉に、マスターはゆっくりとうなずき、今度は映一を見た。

「そして、彼をもとの世界に帰すための鍵を持っているのは、先生……あなたです」

「そうですよね」

映一が神妙な顔でうなずくのを見て、

「ごめん……おれ、やっぱり帰る」

泉はスツールから立ち上がった。

「こら、なんのために……あっ」

界が泉をつかまえようとしたとき、ドアベルが軽やかな音をたてて鳴った。そして、準備中の札がかかっているはずなのに誰かが入ってきた。

「やだっ。まだ紹介してないのに、どうして来てるのぉ!?」

声の主は、映一の見合い相手の川原結子だった。泉と映一は顔を見あわせた。

「姉貴、泉と先生のこと知ってんのか!?」

姉貴？　泉は界の顔を見た。

こっちの世界の界には姉がいるらしい。ふたりの苗字《みょうじ》が違っていたのは、両親が離婚したときに違う姓になったからだという。

そして、界が簡単に泉と映一の話を聞かせると、結子は「そうだったのねぇ」としみじみした表情で言った。

あまりに簡単に受け入れる結子に、泉は驚き、すぐに納得した。

やっぱり界のお姉さんだ。

なぜか感じていた親近感の理由《わけ》もわかった。

「もし泉くんが界のところへ行ってなくても、私がここにふたりを連れてくるつもりだったのよ。昔、あなたたちとなにか関係があった気がしたから」

「……」

泉は口を半分開けたまま、結子の顔を見つめた。親しみを感じたのは、親友の身内というだけではなかったらしい。

「私たちとのことはともかく、ふたりはどうしたってここに来るようになってたってことね。観念して聞きなさい。泉くん」

結子に諭《さと》され、泉はしぶしぶスツールに戻った。でも、結子が入ってきた瞬間から、店の空気が軽くなり、身体の震えも治まっていた。

「それでは、話をもとに戻していいですか？」

マスターの言葉に、映一はうなずき、泉はまた緊張する。

「教えてください。泉を本来の世界に帰すために、俺にできることを」

泉はうつむき、膝の上で拳《こぶし》を握りしめた。

「話す前にひとつだけ。あなたのプライベートなことを、ここにいるメンバーにシェアすることを同意していただけますか？」

「え、ええ」

映一は、少し躊躇《ちゅうちょ》しながら答えた。

「平気よねぇ。だって、界は先生と同じだし、私はふたりの関係を知ってるんだから」

あけすけな物言いをする結子に、界は額を押さえ、マスターは苦笑いを浮かべた。

「それでは…」

「待ってっ。まだ言わないでっ」

泉がカウンターに身を乗り出し、全員が泉を見た。

「話す前に、ひとつだけ聞かせてください。おれがあっちに戻ったら、映はどうなるのか……」

「もとの生活に戻ります。あなたとのあいだに起きたすべてを忘れて」

「……」

マスターの口からさらりと出た言葉に、貧血を起こす寸前のようにすうっと身体から力が抜けた。

「泉っ」

映一が支えてくれ、かろうじて倒れずにすんだ。が、頭の中はぐらぐらだった。

「忘れちゃうの……もしかして、おれも映のこと……?」

「正確には、なにひとつ忘れることはできません。でも、あなたの言っている意味では、忘れるという言葉が当てはまると思います」

「そんな……」

「忘れても、あなたがここで得た、今まで感じることのできなかった波動が、身体の中にそっくり残ります。だから、似た波動を持ったものに近づくと音叉《おんさ》のように共鳴します。わけもわからず懐かしいとか、愛《いと》しいとか、初対面の人や初めて見たはずの風景やものに感じます」

「でも……なにかが残るとして、それはすごく悲しい……痛みだよね。そんなもの持って帰るために、わざわざここに来たってこと？」

言いながら、泉は自分が半分泣き声になっているのに気がついた。

「痛みではなく、宝物という名前で呼んだらどうでしょう」

「呼び方なんか変えたって同じだよっ」

涙が出てくるのがわかったが、どうしようもなかった。

「あなたは絵を描くことを通して、その魔法をすでに知っているはずですけど…」

「知らないっ。そんなこと知らないっ」

泉の頬《ほお》に、両方の目から涙がこぼれた。

言われたことは、ぜんぶほんとのことかもしれない。でも、納得できないことを受け入れることはできない。

「こんなとこ、来なきゃよかったっ。帰るっ」

乱暴にドアを開けたせいで、ベルが耳障《みみざわ》りな音をたてたが、泉は振り返らず、店から飛び出していった。

「連れ戻しに来たんなら無駄《むだ》だよ」

駅まで追ってきた界に、泉はふいと背中を向けた。

「先生が、最後まで聞いて帰るから……泉のこと送ってってほしいって」

「送るじゃなくて、見張るだろ？」

「そういう言い方が好きなら、それでもいいけどね」

「……」

泉はため息をつき、自動改札に入れようとしていた切符をジーンズのポケットに突っ込んだ。

「あんなに愛されてて、なんで失恋したみたいな顔してんだよ」

「みたいじゃなくて、失恋したんだよ」

「わかってるんだろ？　先生の気持ち」

「映はおれがいなくなっても、忘れちゃってても平気なんだ」

「なわけないだろ？」

わかってる。そんなこと……。

帰りたいのに、帰りたくない。こんな気持ちは初めてで、どうしていいかわからない。身体がばらばらになりそうだった。

「でも……忘れちゃうなら、映は淋しくないんだよね」

そう言って、泉は大きなため息をついた。

「本当の自分に戻って、きっと前よりもずっと幸せになる」

「でも、おれ……映のこと忘れたくない」

「忘れるんじゃないよ」

「言葉遊びはもういいよっ。波動が残るって、そんなの……。映のこと……おれ……」

肩を震わせる泉を、界はいきなり後ろから抱きしめてきた。

「こういうの、役得《やくとく》っていうんだよなぁ」

「人が悩んでるのに、ふざけんなよっ」

泉は界の腕を乱暴にほどき、キッと振り向いた。

「知らないのか？　現実を悲劇にするかコメディにするかは、自分で決められるんだぜ」

「どうせ、おれは界と違ってクラいよっ」

ふてくされる泉を見て、界は苦笑いをする。

「こういうこと、初めてじゃないんだって知ってた？」

「忘れてる……だけで？」

泉が顔を上げると、界は大きくうなずいた。

「デ・ジャ・ヴュを感じたり、夢の中で体験を再現する人もいる。でも、なかにはべつの現実に行った記憶を失わない人も、現実として思い出せる人もいるんだ」

「ほんと!?」

「夢と現実の壁の薄い人や、次元を往《ゆ》き来《き》することを自分に許してる人の場合だけどね」

「こういうの苦手だから……おれは忘れちゃうんだな」

言いながら、泉は小さくため息を洩らした。

「なんかの拍子に思い出しても、大抵は夢だと思ってるしね」

「現実とはふつー思わないよね」

「ていうか……光速ワープの宇宙旅行とか、浦島太郎の逆の体験だからって言えばわかるかな？」

これ以上ややこしい話は頭に入ってきそうもない。泉はノーサンキューという顔で首を横に振った。

「わかんないけど……これからは、妙にリアルな夢には気をつけるよ。て、今聞いたこと覚えてられたらの話だけど」

「忘れないおまじないしとく？」

「遠慮しとく」

笑いながらきっぱりと断る。と、自分の名前を呼ぶ声がした。

振り向くと、映一が駆け寄ってくるのが見えた。

「もう……話終わったの？」

少し声が震える。

「それだけ？　てくらいに簡単なことだった」

「……」

ずきっと胸が痛む。簡単だと困る。

「しかし、あの人……やさしげな口調で、ほんとにずけずけもの言うよなぁ」

映一がなんの葛藤《かっとう》もないような顔をしているのを見て、淋しさが怒りにすり替わる。

界も、「俺も知りあった頃は、それで何回もキレそうになった」などと言って楽しそうに笑っている。

「結子さんの前でふまじめなセックスライフ暴露《ばくろ》されて、恥かいちゃったよ」

「聞くから、まじめに話せよ」

泉は怒った声で言った。

「あれ？　聞くんだ」

「聞くよっ。聞けばいいんだろっ」

むきになる泉に、界は声をたてて笑い、映一は拳《こぶし》を口に当て、小さく咳払《せきばら》いをした。

『男性が相手だということには、なんの問題もありません』

まず、マスターはそう言って映一の不安をひとつ取り除いてくれた。けれど、

『それよりも……あなたはセックスを、自分自身が誰であるかを感じたり、誰かとエネルギーを分かちあい、より深く知りあうため……以外の目的で使ってきましたよね？』

こっちの発言には、映一は返す言葉がなかったらしい。

「言い方はきれいだけど、遠回しに、欲望のはけ口にエッチしてるだろって言われたんだよな」

「当たってるじゃん。いい気味っ」

ははっと、泉は気持ちのこもらない笑い声をたてた。

「本当に愛してるやつとエッチしろってさ。そしたら……本当の自分に戻れるって」

まっすぐに見つめる映一に、泉の顔からつくり笑顔が消える。が、すぐに気持ちを立て直す。

「ふうん……なら、相手見つけなきゃじゃん。おれバイト辞めて、明日から映のタイプの男探しに…」

映一が泉の手首をつかんだ。

「エッチして帰れるんなら、もっと早くしてればよかったじゃん。こんな…っ…」

映一に手をつかまれたまま、泉は唇を噛《か》んでうなだれた。

本当に愛してるやつ。やっと言ってくれたのに、その瞬間、愛しあったらさよならだと聞かされるなんて……。

「今がタイミングだって言われただろ？　時間が必要だったんだ。俺が、泉の持ってきてくれたものが宝物だって気づくために」

「なんにも持ってきてない。すっぽんぽんで来たの、映知ってるじゃん。パンツも靴下も服も靴も……ぜんぶ映が買ってくれて…」

「帰ろう」

「……」

泉は怯《おび》えたような顔になり、手をほどこうとした。

「なんて顔してんだよ。ダンナが家に帰ろうって言ってるだけだろ」

界は、泉の前髪を引っぱって笑った。

「したくても往来《おうらい》じゃできないんだから、とにかく帰ろう」

「馬鹿っ。スケベじじいっ」

泉は映一の足元を蹴《け》る真似をし、

「やっぱコメディだ」

界は声をたてて笑った。


帰る場所はあそこしかない。大好きな人の待っている、自分が本来属していた世界。

どんなに心配しているだろう。すぐにでも帰って安心させたい。

なのに、帰りたくない。

こんなにも矛盾《むじゅん》した気持ちが、胸の中に同時にある。どうすれば、ふたつをひとつにできるんだろう。

いや、ひとつになんてできるはずがない。どちらかを捨てる以外に……。

前髪を揺らす風に、泉は顔を上げた。

界と別れてから、とうとう玉姫橋《たまひめ》のところまで無言のまま帰ってきてしまった。

映一はどうするつもりだろう。

川から吹いてくるひんやりとした風に、泉は映一のジャケットの背中をつかんだ。


人気のない家に戻ってくると、部屋の中に溜まっていた静けさが妙に重たく感じる。

リビングの明かりを点《つ》けたが、気持ちまで明るくなるわけじゃない。ケンカをして気まずくなったカップルみたいに会話の糸口が見つからない。

なにを訊けばいいのかわかっているけれど、言葉にするのがこわかった。

でも、黙っていても苦しいのは同じだった。

泉は、脱いだ上着をソファに掛けながら、映一に訊いた。

「映……夕食なに食べたい？」

「やっぱ、これしかないだろ」

「え…？」

いきなり両手で腰を引き寄せられ、泉は目を見開いた。

「ちょっと……なんだよ…」

「善は急げっていうから、さっそくやろう」

「やるって…っ…」

軽くキスをすると、映一は泉をソファに座らせた。

「いい親友がいてよかったな。こんなに簡単に帰れる方法がわかるんなら、最初から彼んとこに行けばよかったよなぁ」

さくさくと服を脱ぎながら、冗談でなく言っているらしい。

「さっきの冗談のつづきなら、おれやる気ないから」

「冗談じゃない」

「そんな簡単なことなわけ⁉」

「難しく考えても簡単に考えても、やることは同じだろ」

映一は鼻歌でも歌いだしそうな表情で、ぽいとシャツを泉の隣に放った。

「映はおれがいなくなっても平気なんだ。見合いして人間の奥さんもらうから、料理作ってくれるやつがいなくなってもぜんぜんかまわないんだ」

「結婚はしないって言っただろ」

「はぐらかすなよっ。映はどうなんだよ。おれがいなくなっても…」

映一は泉の肩をつかむと、まっすぐに目を見て言った。

「戸籍もない世界で、いったいどうやって生きていくつもりなんだ」

「こんなときに、そんな紙切れ理由にするなよっ」

「紙切れだけじゃない。彼氏が待ってるだろ」

押さえつけられた肩が痛い。でも、ほんとに痛いのは……。

「おれの気持ちわかってて、なんでそんなひどいこと言えるんだよ」

「泉は俺の恩人だから」

「なにそれ……」

「言葉どおりだよ」

「おれのことぜんぶ忘れちゃうくせに……」

「忘れないよ」

「嘘……忘れるって、跡形《あとかた》もなく消えるって……」

そのほうがお互いにラクなのはわかってる。

覚えているほうがずっとつらいこともわかってる。

でも……。

「絶対に忘れない」

映一の言葉に、堪《こら》えていた涙があふれてきた。

「あんたのこと……好きだったけど、急に嫌いになった。大嫌いになった。だから、エッチしたって……帰れないよ。どうすんだよ。責任とってよっ」

子供のように、ぼろぼろと涙をこぼしながら訴える。

「大丈夫だよ」

「なにが大丈夫なんだよ…っ…」

「正しいエッチする自信あるってこと」

「……」

泉の喉が、ひくりと鳴った。

「最初からこうしてれば、こんなふうに泣かせることなかったんだよな」

映一は、泉の頬をそっと指で拭った。

「サンダルといっしょに放り出したくせに」

「いきなり理想のタイプのやつが部屋に現れて、恋人だって言いだして……その日は見合いで
……相手にしたりしたら、引き返せなくなるって思ったんだ」

「あのあとだって、何回も誘ったのに知らん顔してた」

「人生狂わされるって思ったんだ。あの朝もう、おまえに落とされてたから……」

「……」

「だから……大丈夫だよ。きっとうまくいく」

うまくいくってなんだよ。こんなにぐちゃぐちゃになってる気持ちはどうなるんだよ。

「したら浮気になっちゃうじゃん」

「夜のおつとめは恩返しに含まれないのかとか、裸で目の前うろついたり……今さらなに言ってんだよ」

「だから、急に嫌いになったんだってば…っ…」

ふいに抱きしめられ、乱暴に唇を奪《うば》われる。

気が遠くなるかと思った瞬間、映一がそっと身体を放した。

「絶対に嘘つけないんだよな。身体は」

冗談めかした言葉の裏側を、痛いほど感じてしまう。時間を置けば置くほど、別れがつらくなる。

わかってる。でも、できない。今すぐにさよならなんてできない。どんなに帰りたくても、やっぱりできない。

「おれ、絶対に映となんかしない。あんたなんか…っ…」

抱きしめてくるのを振りほどき、泉は部屋に飛び込んだ。

サイドテーブルのスタンドや時計を退《ど》け、ドアの前まで持っていく。そして、厚くて重い映一の本をその上と両脇に何十冊も積み上げ、一気にバリケードを作った。

肩で息をつきながらでき映《ば》えを確かめると、泉は服のままベッドにもぐり込んだ。

あとはもう、思いっきり泣く以外にすることはない。

本当に好きな人と結ばれたらゲームオーバーだなんて……ひどすぎる。ハッピーエンドとさよならがセットになってるなんて話、聞いたことがない。

映一を変えるために、ほかにもっと誰も傷つかない方法がなかったんだろうか……。

勇気のある人なんて言われても、ちっとも嬉しくない。こんなのただの馬鹿だ。

目的を果たすために来たのなら……。用がすんだら帰ることが決まっていたのなら……。

こんなに好きになる前に、どうして界のところへ行かなかったんだろう。

5

気持ちが沈みすぎると、夢の中から出てこられなくなるんだろうか。

朝いつものように目が覚めず、寝坊してしまった。

しかも、ドアの前には立派《りっぱ》なバリケードがあって、廊下に出るのにひどく手間《てま》取《ど》った。

キッチンに行くと、映一《えいいち》が朝食を作っているらしく、なにかをオイルで焼く匂いがする。

「……なにこれ？」

泉《いずみ》はフライパンの中を覗き込み、眉を寄せて火を止めた。

「オムレツのつもりだけど、違うものに見えるか？」

「見えるんじゃなくて、違うものじゃん」

「……やっぱりな」

似合わないエプロンをつけ、神妙な顔でフライパンの中を見つめる映一に、泉は吹き出しそうになる。が、気の毒なので我慢する。

「いつも料理番組のなに見てるわけ？」

でも、食材を無駄《むだ》にしたので皮肉は言う。

「見てるんじゃなく、音を聴いてんだよ」

「BGMってこと？」

「俺、料理する音聞いてると落ち着くんだ。ヒーリングミュージックみたいなもんかもな」

自分の言葉に、映一はくすっと笑った。

「お袋が……すごいきつい女なんだけど、料理が得意でさ。朝仕事に出る前に必ず手の込んだ和食の朝メシと弁当作ってくれてて……目が覚めてその音聞くと安心して、でもって、催眠術かけられたみたいにあの人に逆らえなくなるんだ。怪談よりこわいだろ？」

映一は冗談めかして笑ったが、泉はまじめな気持ちになっていた。

「ごはんて愛情そのものだもんね……。うちの母さんも……」

「おまえの料理のセンスは、おふくろさん譲《ゆず》りなんだな」

「今頃気づいても遅いよね」

それなりに、いや、本当はちゃんと愛してもらっていた。手作りのケーキやクッキーを、どうでもいい子に与えたりはしない。

「遅くなんかないさ。帰ったら、お袋さんに電話してありがとうって言えばいい」

帰るという言葉に、頭の中で小さな混乱が起きる。

待ってくれている人。目の前にいる人。

秤《はかり》にかけることなんて、できるはずがない。

「あのさ……」

「うん？」

「おれ助手のバイト辞《や》めていい？」

「帰るのか？」

朝から禁句《きんく》を言うなよな。泉は映一の言葉を無視し、退職の理由を述《の》べる。

「もう研究室には行きたくないんだ。セクハラする先生がいるから、危なくってさ」

映一は、なるほどという顔でうなずいた。

「それに、もっと面白い仕事かと思ったけど、なんか地味で面倒《めんどう》だし……セクハラおやじは人使い荒いし、やっぱ専業主婦のがいいや」

「じゃあ、さっそくだが、朝食を作り直してもらおうか」

映一はエプロンをはずし、泉に押しつけた。

「バイト先のセクハラ講師とそっくり」

泉はエプロンをかけながら、やれやれとため息をついてみせた。

昨日の今日なのに、自分のこの態度はなんなんだろう。

軽く冗談を言いあい、なにごともなかったかのような顔をして……。

でも、ほんとはなにも片づいていない。

「帰りにエリゼのケーキ買ってくるよ」

大学に出かけるのを玄関で見送っていると、映一は急にそんなことを言った。

「こないだの、あれでいいんだよな？」

「……」

泉は一瞬答えに詰《つ》まり、

「なんでそんなもん、わざわざ買ってくるんだよ」

映一をにらみつけた。

「嫁の好きなケーキ買ってくるのが、そんなに悪いことなのか？」

「ゼリー作るから、ケーキなんかいらないっ」

そう言って、泉は映一に抱きついた。

「だから……早く帰ってきて」

「言ってること、めちゃくちゃだぞ」

「頭ん中、めちゃくちゃなんだから仕方ないじゃんっ」

「それじゃ、仕方ないな……」

映一は、しばらく泉にしがみつかれたままになっていたが、

「待ってるから、着替えてこい」

そう言って泉を放した。

「いっしょに学校行こう」

映一の目が、残りの時間を少しでもふたりで過ごそうと言っているのがわかる。

「やだ……襲われるから」

「襲いたくても、そんな暇ないんだ。お嬢さん方のレポートの採点《さいてん》の山が待ってる」

「仕事……忙しいの？」

「コウモリ……いや、ヤモリの手も借りたいくらいにね」

「時給上げてくれる？」

映一は苦笑いの顔でうなずき、泉は部屋に着替えに走った。

そして、いっしょに大学に行き、いっしょに仕事をして、いっしょに買い物をして帰り、いっしょに夕食を作って、食べて、片づけた。そして、いつもと同じに別々の部屋で眠った。

正しくは、寝ていただけで眠ってはいなかった。映一のベッドの中、自分で自分の身体を抱きながら、泉は何度も言い聞かせていた。

ここへ来る勇気があったのなら、戻る勇気だって持っているはずなんだ。

「これ……なんの呪《まじな》いだ？」

欠伸《あくび》をしながら起きてきた映一は、ダイニングのテーブルを見て完全に目が覚めたらしい。

泉は夜中に起き出し、映一が今までにリクエストしてくれたメニューを作れるだけ作った。

まだ冷蔵庫の中だが、デザートのゼリーも作ってある。

「普通こういう状況見たら、なんのお祝《いわ》いかって訊かない？」

「じゃあ、なんのお祝いですか？」

「べつに、ただの朝ごはんだよ」

泉はそっけなく答え、つぎつぎに料理をテーブルに運んだ。そして、呆気《あっけ》にとられている映一をちらりと見ると、低く呟いた。

「やっぱ……呪《のろ》いの朝ごはんかもしれない」

「……悪かった」

映一はきっと、一昨日《おととい》の夜のことを謝っているのだろう。

「どれのこと？　いっぱい悪いことされたから、どれのことかわかんないんだけど」

「俺がもっと早く本当の自分を選んでたら……おまえがわざわざこんなところまで来る必要なかったのにな」

「馬鹿っ」

泉は映一にしがみついた。

「そしたら、逢えなかったじゃんっ」

心を決めたはずなのに、映一の顔を見たら決心がぐらぐらに揺らいでしまった。

「せっかく出逢えたのに……」

勇気の人のはずなのに、口からは泣き言めいた言葉しか出てこない。

「こんなことなら、出逢わなかったほうがよかった」

「出逢ったんじゃなくて、突然ベッドの中に現れたんだろ」

冗談めかして笑う映一に、泉は駄々《だだ》をこねる子供のように首を横に振った。

「おれ……来たくて来たんじゃない」

「人がどこかへ出かけるのは、出てきた場所に帰るためなんだって知ってるか？」

「え…？」

「帰る場所があるから、どんな危険な冒険にも出かけられるんだって気づくために、わざわざ遠くに離れてみるってことだよ」

「……」

「冒険に出かける物語の主人公は、必ずもとの場所に戻ってくるだろ？　どんな大きな目的があって出かけても、どんな宝物を得られるとしても……それよりも大事なものはないんだ」

泉はあきらめたように、映一の身体から離れた。

「用がすんだら帰れってことだね」

「そういうことだ」

映一は少し身体を折り曲げ、子供にするみたいに泉の頭をぽんぽんと叩いた。そして、

「さー、呪《のろ》いの朝メシを勇気出して食うか」

気合を入れて食卓に着いた。

「普通の朝ごはんだよ」

映一をにらみながら、泉もエプロンをはずして席に着く。

「では、安心していただきます」

映一は両手を合わせ、泉もそれに従った。

悲劇にすることもコメディにすることもできる。それなら、笑って過ごしたい。笑えないような状況の中でこそ……。

ときどき吹き出しそうになりながらも、ふたりで黙々と和朝食バイキングを食べ、映一は腹をさすりながら朝一の講義のために出かけてゆき、泉はそれを見送った。


映一はもう心を決めているらしい。

泉は玉姫《たまひめ》橋の欄干《らんかん》を抱え、眩《まぶ》しく光る川面《かわも》を眺めながら、何度もため息をついた。

このまま、ただ帰るしかないんだろうか。

逢いたい。安心させたい。抱きしめてほしい。

帰りたい気持ちは少しも変わらないのに、帰りたくない気持ちのせいで、すぐに混乱してしまう。

「カニタマ……？」

ちりりと小さな鈴の音《ね》がして、振り向くと欄干の上にカニタマがいて、そばに界《かい》が立っていた。

「おまえ、カニタマっての？　うまそうな名前だなぁ」

そう言って、界はカニタマを見て目を細めた。界にはふたりで飼っていた猫のことも、この橋の上に姿を現すことがあることも話してあったが……。

「界……カニタマが見えるんだ」

「この橋が、向こうとの境界になってるみたいだな」

界は、カニタマがふいに目の前に現れるのを見たらしい。泉は苦笑いしながらうなずいた。

「ほんと……こういうの見ても、ちっとも驚いたりこわがったりしないんだな」

「ないものが見えたらこわいけど、あるものが見えてるだけだからさ」

「え…？」

「あるはずないって思い込んでると、本来そこにあるものが見えなくなるんだよ」

「妖怪とかお化《ば》けとか？」

泉がこわごわ訊いたので、界はくすっと笑い、それからまじめな顔になって言った。

「ほとんどの人が、ここにあるものの99％は見えてないんだってさ」

「うそっ!?」

「なに驚いてんだよ。おまえの彼氏の仕事は、退化した心の視力を回復させる先生《ドクター》だろ？」

「心の視力……」

泉の中でなにかが動いた。と同時に、ある疑問が湧《わ》いてきた。

恋人の映一のそばにいて、どれくらい自分は映一を見ていたんだろう。

こうしてほしい。こうあってほしい。自分の欠落《けつらく》を埋《う》めることに必死で、期待ばかりして見えていなかったもの。そして、ここに来て初めて見えてきたもの。

「……考えたこともなかった」

「これから考えればいいさ」

笑いながら、界はカニタマの喉《のど》をくすぐる真似《まね》をした。

「せっかく会えたのに、界はおれがいなくなってもちっとも淋《さみ》しくなさそうなんだね」

あくまでも楽しげな界が、ちょっと憎らしくなってくる。

「俺たち、もう何回も別れたり出会ったりしてるからな。またどうせ会うしさ。こんなふうに必要なときに」

「どうやって？」

「それがわかってるから、泉はここに来られたんじゃないのか？」

「知らないよっ。知ってたら来ないよ。こんな思いするために……わざわざ」

「ほら、知ってるじゃん」

「え…？」

「こんな思いをするために、わざわざ来たんだろ？」

「……」

ぐずぐずと泣き言を言っている自分の内側に、マスターの言葉が小さな明かりが灯《とも》るように浮かんできた。

『宝物って言ったらどうでしょう』

なにかを変えたり与えてくれるために、誰かが自分の人生に現れる。そして、それを果たしては去ってゆく。今回だけじゃない。今までだってずっとそうだった。ただそんなことを意識していなかっただけで……。

そのことを、昔知っていた。知っていたことを、今思い出した。

「宝物を手に入れるのって、やっぱ痛い思いしなきゃなんないんだね」

「痛いじゃなくて、べつの言い方もできるけどな」

マスターや界は、言葉を言い替えるのが好きらしい。

「まさか、素晴らしい……とか？」

「そのまさか」

「やっぱりね」

泉は肩をすくめて笑った。気休めでも言葉遊び《ゲーム》でもない。言葉を変えると、視点が変わる。絵を描くときも同じだ。少し視線を上げるだけで、まったく違う風景が見えてくる。

「会えて嬉しかった。勇気が出るおまじないしてやるよ」

今度はしてほしいかと訊かず、界は泉の唇につまみ食いのようなキスをした。

「これ、効き目あるわけ？」

「いや、たぶんないと思う。ごちそうさま」

界は得意のいたずら小僧の顔になり、ひらっと手を振った。

「じゃあ、また…」

「べつの人生でって言うなよっ」

「またすぐに会おうな」

界は、いつもの別れの挨拶《あいさつ》を泉が安心できる言い方に変えてくれた。

「そうだ。界、マスターと結子《ゆうこ》さんに謝っといてくれる？」

言ってから、泉はすぐに訂正した。

「ごめん、間違った。ありがとうって伝えて」

「『受け取ってくれてありがとう』」

「え…？」

「マスターからの伝言」

泉は、界の目を見てうなずいた。

どうすべきかわかっているのに、これ以上迷うのはやめよう。

風のようにさらりと去っていく界の後ろ姿を見送りながら、泉は心を決めていた。

映一のためにできることがわかっているなら、することはひとつしかない。

自分には帰る場所がある。そして、宝物を持ち帰らなかったら、冒険は終わらない。

泉は、欄干の上のカニタマに顔を近づけた。

「カニタマ、映に伝えて。すぐに帰るからって。でもって、そのためには一度だけ浮気しなきやだけど、許してほしいって」

カニタマは黄水晶《シトリン》の瞳で、じっと泉を見つめた。

「あ、やっぱ後半はいいや。すぐ帰るからってとこだけにしといて」

浮気なら、もうとっくにしてる。気持ちの上で思いっきり。

「わかったか？」

カニタマはにゃんとひと声鳴くと、欄干の上をするすると歩きだし、途中でふっと色が薄くなり、空気に溶けるように見えなくなった。

親柱《おやばしら》の近くで、小さな鈴がちりちり鳴る音がしばらく聞こえていたが、やがて聞こえなくなった。


「今夜、外で待ち合わせて食事しない？」

泉は大学の研究室に電話をし、映一を夕食に誘った。

『いいな。どこ行こうか？』

「最後の晩餐《ばんさん》にいちばんふさわしい場所」

『……』

映一の、一瞬の沈黙に心が揺れる。けれど、もう決めたのだから引き返せない。

泉は、小さく深呼吸をした。

「わかるよね。どこのこと言ってんのか」

『そこって、俺じゃなくて、彼氏との思い出の場所じゃないのか？』

苦笑いをしている顔が目に浮かぶ。

「でも、映とそこで逢いたいんだ。もう一回ちゃんと出逢いたいんだ。わけわかんないまま出逢っちゃったから……」

『ひとつ確認していいかな？』

「なに？」

『最後の晩餐ってことは、今夜のデザートは……泉だよな』

「……」

一瞬言葉に詰《つ》まったが、今度はすぐに答えることができた。

「冷蔵庫に入って冷やしとく？」

『いや、寒いから人肌がいい』

「だよね」

泣きだしそうな気持ちを悟られないように、

「じゃあ、待ってるから」

明るく言って電話を切った。

そして、玉姫橋の絵を額装《がくそう》してもらうために、御茶《おちゃ》ノ水《みず》の画材屋へ行った。自分の絵を額に入れるのは初めてだった。

どうしようかと迷ったが、プレゼントだし、淋しさを紛《まぎ》らわすためでも、存在を認めてもらうためでもなく、もっと大切なことのために描いた初めての絵だったから……。

泉は、自分が借りている映一の寝室の壁に額を掛けた。

この部屋から自分の痕跡《こんせき》がすべて消えても、絵にこめた思いだけは残るように……。

なんのことかわからなくても、映一はきっと感じてくれるはずだから……。

「待った？」

映一が龍龍《ロンロン》の暖簾《のれん》をくぐって入ってきたので、泉はほっと笑顔を見せた。

こっちでは出前だけで知らなかったが、おばちゃんの姿はなく、二十歳《はたち》くらいの女の子のアルバイトが給仕をしていた。

可愛《かわい》い女の子よりおばちゃんに会いたかったので、ちょっとがっかりした。そして、もとの世界にしかいない人には、もとの世界に戻らなければ会えないことにあらためて気づかされた。おばちゃんにも、自分のことを生んでくれた母親にも、恋人の映一にも……。

「なに頼む？」

泉がメニューを広げると、映一はにやりと笑った。

「そりゃ、決まってるだろ？」

「とりあえずビール？」

泉が笑いながら言うと、映一は顔の前で人さし指を振った。

「かに玉ひとつ」

そう言ったきり映一がメニューを閉じてしまったので、バイト少女は助けを求めるように泉を見た。

「以上でいいんですか？」

「以上だよ」

泉はきっぱりと言った。

十分後。映一と泉はくすくす笑いながら、ひと皿のかに玉を分けあって食べていた。

「彼女、ケチな男ふたり組だって思って呆《あき》れてるよね」

「貧乏な、だろ？　で、同情してくれてるさ」

「それならいいけど、きっと怪しいカップルだって気づかれてるよ」

「ほんとにそうだから仕方ないさ」

ひそひそと話していたかと思うと、声をたてて笑いだす男ふたり組に、バイト少女もほかに数人いた客たちも、見て見ぬふりをしながら、見てはいけないものを見てしまった人の顔になっていた。

「この味は、きっと一生忘れられないな」

「一生で忘れちゃうんだ」

泉が冗談っぽく拗《す》ねてみせると、

「今夜のデザートの味は、何度生まれ変わっても忘れないと思うけどな」

なんて言う。

映一の安あがりで笑えるアイディアのおかげで、最後の晩餐は、最初から最後まで笑顔で過ごすことができた。

でも、一生で忘れるどころか、その夜のかに玉の味を泉は覚えていなかった。

泣きだしそうになるのを堪《こら》えるのに必死だったから……。


「いつの間に……？」

三十秒後、映一がやっと口を開いた。

一ヵ月ぶりに自分の寝室に入った映一は、壁に掛かった玉姫橋の絵を見つけ、ここに来た目的も忘れて突っ立っていた。

「絵より額のが立派なのが難点だけど……やっぱカッコつかないからさ」

泉は少し赤くなりながら言い訳し、ありがとうとつけ足した。

「それ、俺のセリフだろ？」

映の言葉に、泉は首を横に振った。

「おれね……映といっしょにいて思い出したんだ。絵を描くのが大好きだったこと。だから…」

「ありがとう」

映一がいきなり抱きしめてきた。

抱きしめられると、いつも苦しかった。でも、今日はもっと……。

「せっかく飾ったけど……この絵もおれといっしょに消えちゃうかもしれないから……今のう

ちによく見といて」

「もし消えても……いつでも見られるさ」

「え…？」

映一は泉を抱いたまま絵を見つめ、ふいに思いがけないことを言い出した。

「俺が、橋とか辻《つじ》とか……境界の研究してるのは、異界があってほしいからじゃないんだ。ほんとはそんなもの、どこにもないってことを証明したかったんだ」

「どういう……意味？」

泉は顔を上げ、映一を見た。

「泉が俺にしてくれたことだよ」

「え…？」

「俺がどうしても越えられなかった境界線を消してくれたのは、泉だろ？」

いつか映一は、この世界は目に見えない境界線だらけだと言っていた。あのときははぐらかされたけど……。映の仕事の本当の意味は、それだったんだね。

「おれ、映のこと好きになっただけだよ。ていうか、浮気？」

「違うよ。俺とおまえの荻島《おぎしま》映一は…」

言いかけて、映一は急ににやりと笑った。

「浮気でいっか。そのほうが楽しいから」

泉はくすっと笑い、映一の腰に腕をからませた。

「人肌のゼリーって、どんな味だと思う？」

「ちょっと味見してみよっか？」

「して……」

悪戯《いたずら》っぽく映一を見上げると、爪先立《つまさきだ》ってそっと唇を合わせる。

「どう？」

「悪くないな」

「よかっ……っ……」

泉の目から、大粒の涙が頬にこぼれた。

「泣くなよ……せっかくの甘いデザートが塩《しお》っ辛《から》くなるだろ」

「……うん」

素直にうなずくと、泉は映一のシャツの胸に顔をこすりつけた。


「痛くしていいから、この身体に、絶対に消えない印つけて……。いつどこで逢っても、映にひと目で恋に落ちるように……」

泉はベッドに横たわり、初めての夜の、最初で最後の願いを映一に伝えた。

「必要ないよ」

映一は泉を見下ろして言った。

「どこかでもう……この身体に印つけてる」

「え…？」

驚いて見上げると、

「俺……この身体を知ってる」

映一が、いきなり胸骨《きょうこつ》の真ん中にキスをしてきた。

「あ…っ…」

泉は小さく声をあげ、白い喉《のど》を反《そ》らした。

「ビンゴ？」

映一が嬉しそうに訊く。

恋人の映一と自分しか知らない秘密のスイッチを押され、驚くよりも先に身体が反応してしまった。

「ビン…ゴ」

泉は頬を上気させ、吐息を洩らしながら言った。

悔しいけれど……身体は嘘をつけない。

してやったりという顔をしている憎らしい男を、泉は潤んだ目で見つめた。

言葉にならない想いを笑顔で受け取ると、映一は泉の胸にもう一度キスをする。

泉は目を閉じ、映一の首に腕をまわした。

感じる理由なんて考える必要はない。スイッチがオンになったら、あとは本能に任せればいい。映一の言葉を思い出し、泉はそれに従った。

丹念《たんねん》に泉を味わいながら、胸から脇腹へと映一のキスが降りていく。

プライベートな場所を侵《おか》されながら、泉は映一の髪をやさしくなでた。

支配されながら調教してる。いつもの、ふたりの関係《ポジション》。

「ん…っ…」

肌に軽く歯を立てられると、ゆるい麻酔がかかったように気持ちよく力が抜ける。

そして、脚のつけ根を唇で強く吸われたら、つま先や指先に向かって甘い痺《しび》れるような電流が流れだす。

どうしてなのかは自分でもわからない。

自分の身体なのに、秘密を教えてくれたのは映一だった。

「映……？」

ここにいるのは、どっちの映一だろう。

肌の感触も体温も匂いも……五感で感じられるすべての情報が一致している。

いっしょにいてしょっちゅう混乱していたけれど、これは紛《まぎ》れもなく、何度も何度も愛しあ

ったことのある、自分を拾ってくれた男の身体だった。

この世界で、なんのためらいもなく、自分の弱さをさらけ出せる唯一の場所。

呼吸が深くなり、互いの心音が溶けるように重なりあってゆく。

泉は迷わず身体を開き、映一を受け入れた。

「映……っ……」

恋人の名前を呼んだ瞬間、身体がふいに輪郭《りんかく》を失い、宇宙に放り出されたように上下も右左もなくなった。

一瞬、映一を見失ったと思ったが、すぐに間違いに気がついた。

ふたりの映一がそうであるように、映一と自分も、お互いの別バージョンでしかない。そのことを思い出した。

はじめましても、さよならも、地上で創《つく》ったドラマのセリフで……。

本当は、この宇宙の中で、離れ離れになったことなんて一度もなかったんだよね……。

6

「大丈夫か？」

目を開けると、ベッドに横たわった自分を、映一《えいいち》が心配そうに覗き込んでいた。

「映……？」

どっち？　どっちの映一？

はやる気持ちを抑《おさ》え、泉《いずみ》は目の前にいる映一の顔を見ながらゆっくりと身体を起こした。

「よかった……」

映一が包み込むように抱きしめてくる。

さっきまで自分が抱かれていた身体だ。

でも、よかったって……？

「もうちょっと目覚まさなかったら、救急車呼ぶとこだったぞ」

「救急車……？」

気持ちよすぎて気絶しちゃったとか？

ってことは、戻れなかったってことで……。

「映っ、おれのこといちばん愛してなかったんだねっ」

いきなり怒りだす泉に、映一は申し訳なさそうな顔をした。

「ごめん……旅行のことは俺が悪かった。やっぱ、仕事抜きで行こう」

「え…？」

泉は、映一を見上げたまま目を瞬《またた》かせた。

「どうした？　大丈夫か？　庇《かば》ったつもりだったんだけど、転んだときに頭ぶつけたのかな」

「転んだ……？」

「覚えてないのか？　おまえ、橋の向こうにカニタマのこと追ってって、走ってきたトラックにぶつかりそうになったんだぞ」

橋の向こう？　カニタマ？　トラック？

それって……一ヵ月前の……。

「おれ……戻ってきたの？」

「正確には、俺が連れて帰ったんだけどな。これといっしょに」

泉の身体をそっと放すと、映一は床にいたカニタマを抱き上げてみせた。

ほっとしたような苦笑いを見た瞬間、目の前にいるのが誰なのかわかった。

帰ってきた。帰ってこれた。帰ってきちゃったんだ……。

整理できていたはずの気持ちが、胸の中でごちゃごちゃになり、一気にこみあげてくる。

「映…っ…」

泉は、収拾のつかない想いとカニタマごと、映一を思いっきり抱きしめた。

「ごめん。心配かけて……」

ごちゃごちゃのまま、とにかく、真っ先に言わなくてはいけないセリフを言う。

「頼むよ……ほんとに。恋人いっぺんに二匹失ったら、俺立ち直れないぞ」

映一は苦笑いしながら泉の頭をなで、泉は小さく何度もうなずいた。

ほっとして、でも、これっきりもうひとりの映一とは逢えないんだと思うと涙が止まらなくなった。

「カニタマも無事だったんだし、そんなに泣くことないだろ」

久々の再会だというのに、映一の意外に軽いリアクションに、泉は怪訝《けげん》そうに顔を見た。

「え…?」

映一のシャツの腕の辺りが破れているのに気づき、一瞬、泉の表情が止まる。

「これ……」

「名誉の負傷。見直したか？　こう見えても運動神経いいんだぜ」

映一のシャツは、一ヵ月前ケンカをして家を飛び出したときのもので、破れた袖のところにはまだ白い砂埃《すなぼこり》がついている。そして、自分もあの日着ていた服のままで……。

「心配しなくていい。負傷したのはシャツだけだから」

映一が、なだめるように背中をなでてくれる。けれど、頭の中では、さっきまでとは違う混乱が起きていた。

一ヵ月のあいだ姿を消し、映一を心配させたと思っていたのに……。

映一は、ケンカの原因になった旅行のことを謝っていた。もう少し気絶していたら病院に連れていくところだったと言っていた。まるで今さっきの出来事のように……。

「映……気絶してたって、どれくらい？」

カニタマをベッドの上に置き、泉は訊《き》いた。

「十分くらいかな」

「十分……」

思わず口にした数字に、さっと血の気が引き、身体が冷たくなる。

「俺にはもっと長く感じたけどな」

映一の笑顔に笑い返すことができず、泉はサイドテーブルの上の時計に目をやった。

「そんな……」

〝9月〟の文字に、今度は身体じゅうから力が抜ける。

もうひとりの映一と出逢い、いっしょに暮らした時間。いろんなことがあって、いろんなことを感じて……。泣いたり笑ったり……。

あの日々が、たった十分の夢だったなんて……。

「どうした？　具合悪いのか？」

急に蒼《あお》ざめた泉に、映一があわてて訊く。

「映……おれ……」

「やっぱり病院行くか？」

泉は首を振り、映一の腕をつかんだ。

「映……聞いて。おれ、気絶してたあいだに…」

言いかけて、泉は目を見開いて止まった。

泉の視線に気づき、映一も壁のほうを見る。

「ぜんぜん気づかなかった。いつの間にこんな……」

なぜか、夢の中で映一に贈った玉姫《たまひめ》橋の絵が掛かっている。

さっきまでの狐《きつね》につままれたような呆気《あっけ》ない気分が、ひっくり返したパズルみたいに散らばった。

夢なんかじゃなかった……。

「嬉しいよ。素敵なラブレターだ」

「ラブ……レター？」

泉は、泣きそうになりながら映一を見上げた。

「惚《とぼ》けるなよ。ちゃんと、愛してるって書いてあるじゃないか」

映一が頬にキスをし、泉の目から涙がこぼれ落ちた。

「映……おれ……」

界《かい》の話をちゃんと聞かなかったせいで、どうしてこうなったのかわからない。でも、向こうでの記憶を持ったまま帰ってきてしまったことだけは間違いない。

「どうして泣くんだ。まさか、この絵置いて、出ていこうとか思ってたんじゃないだろうな」

不安そうに問いつめる映一に、泉は大きく首を横に振った。

「映……ゼリー大好きだよね？」

「……」

脈絡《みゃくらく》のないことを言いだす泉に、映一はますます不安そうな顔になる。が、

「そ、それ、どうして知ってるんだ!?」

焦《あせ》っている映一に、泣き顔のままちょっと笑いそうになる。

「い、いや……ガキの頃、なんでだかお袋がいっつも作って冷蔵庫に入れててくれてさ……」

照れくさそうに頭を掻《か》く映一に、泉は小さく吹き出した。そして、

「これからは、毎日デザートに作ってあげる…っ…」

ぽろぽろと頬に涙をこぼした。

夢じゃなくてよかった。忘れなくてよかった。

「おい……ほんとに大丈夫なのか？」

「大丈夫じゃないよっ」

泉は映一の首にしがみついた。

「映には十分だったかもしれないけど、おれ……夢の中で、一ヵ月も映のこと待ってたんだかんなっ」

「そんなに待たせちゃ、まずいよな」

映一はくすっと笑い、子供にするみたいに泉の背中をぽんぽんと叩いた。

「ごめん……これからは、橋の姫さまにさらわれないうちに迎えに行くよ」

嬉しい。すごく。でも……。

泉は小さく首を横に振った。

あんなに欲しかった言葉なのに、受け取ったとたん、今の自分には必要がないことに気がついた。

もう仕事の邪魔はしない。妖怪にやきもちを焼いたりもしない。だから、橋の上でひとりいじけたりすることはないと思う。

旅行も、調査を兼ねて行こう。写真を撮ったりスケッチをしたり、助手になっていっぱい手伝う。映の仕事のこと、もっといろいろ教えてほしいから……。

「おれのほうこそ……ごめん」

泉が謝ると、映一はなにも言わず微笑《ほほえ》み、唇を合わせてきた。

ごめんね……。

映一に身体をゆだねながら、さっきとは違う意味で、心の中でもう一度言う。

一瞬の夢の中、本気の恋をしてしまった。

相手はもうひとりの映一で、ほかの人を好きになったわけじゃない。

でも、この身体にはまだ、夢の余韻《よいん》が傷痕《きずあと》のように残っている。きっと、映一のそばにいる限り、これからも消えることはないだろう。

溶けそうな口づけにもうひとりの映一を感じながら、泉はそっと目を閉じた。

うっかり持ち帰ってしまった甘い痛みを、胸の奥へと沈めるために……。

月夜のオアシス

1

絶対に忘れたくなかったことを、今いちばん忘れたいと思っている。

あんなに忘れたくないと泣いて嫌がったのに、忘れるという心の機能がどんなにありがたいことなのか痛感している。

忘れたいのはつらい出来事だけじゃない。いちばん大切な思い出を忘れられないことで、こんなにも苦しい思いをするなんて……知らなかった。

幸せになってほしい。そう思う一方で、彼がどんな人を選ぶのかが気になって仕方ない。

自分には映一《えいいち》がいて、彼と映一は同じ人だと知っているのに、いっしょに過ごした思い出がそれをわからせてくれない。

忘れなくてよかったと思ったのに、今はそれを少し恨んでいる。

泉《いずみ》はソファにもたれかかったまま、バスローブに包まれた身体をそっと抱きしめた。

熱はないと思うが、吐いたせいで身体が熱っぽく感じる。というよりも、不完全燃焼のまま行き場を失った熱が身体にまつわりついているからかもしれない。

「気分よくなったか？」

冷たい水の入ったグラスを差し出しながら、映一が心配そうに言った。

「……ごめん」

そう言うしかない。謝ることしかできない。

もうひとつの九月を、別れてきた人とそっくりな人と再びやり直すことがつらい。それしかこんなふうになる原因は考えられない。

ふだんは元気なのに、ベッドで愛しあおうとすると急に体調が悪くなるなんて……。

でも、映一は事情を知らないから、自分と寝るのが嫌だと思っているかもしれない。今は思っていなくても、こんなことがこれ以上つづいたら、いくら映一でも思わないはずがない。

「おれ……映のこといちばん愛してるから」

「存じております」

映一は照れることもなく、嬉《うれ》しいときの自然な笑顔を見せる。身体を拒否された後にこんなセリフを言われたら、普通ならば浮気や心変わりを疑うだろう。でも、映一は違う。ただ身体の不調を心配してくれているだけだ。

おおらかで寛容《かんよう》だから、些細《ささい》なことはすべて笑って許してくれる。そんな人だから、絶対に傷つけたくない。

もうひとりの映一に出逢い、恋をして、そして今も忘れることができず、できれば逢いたいとさえ思っている。抱かれながらもうひとりの人の名を呼んでも、同じだから気づかれることもない。そのことが申し訳なくて、胸の中で罪の意識が増えてゆく。

「映…っ…」

泉は映一にしがみついた。

グラスが床に落ち、水がこぼれるのがわかったけれど、泉は映一を放さなかった。

いちばん大切な人なのに、いちばん大切にできない自分が悲しい。


「……？」

橋向こうのスーパーマーケットからの帰り、泉は橋の上で立ち止まった。

ここしばらく、通るたびに誰かの視線を感じる気がする。でも、その方向を見ても誰もいない。聖人橋《しょうじんばし》が架《か》かっているのが見えるだけだ。

最初にこの感じを覚えたとき、考えてはいけない妄想が頭を過《よ》ぎった。この橋からもうひとつの現実に紛《まぎ》れ込《こ》んでしまったから、向こう側の橋の上で映一が自分を想ってくれているのではないか。一瞬、そんなことを考えてしまった。

泉は小さくため息をつき、足元に食材の詰まったスーパーの袋を置いた。

あれもこれも作ろうと思い、つい買いすぎてしまう。

自分が今映一にできることといえば、おいしい料理を食べさせてあげることくらいしかない。それで、罪の意識を埋《う》めあわせるように、毎日夕食に手の込んだ和食を作りまくっている。品数も自然と多くなり、デザートには必ずゼリーをつけた。

でも、それは……。

泉は欄干《らんかん》を抱《かか》え、聖人橋のほうを見た。

あそこで、もうひとりの映一のために玉姫橋《たまひめばし》の絵を描いた。どうしようもなく好きになっていく気持ちをこめて……。

その絵を、恋人の映一は自分宛《あて》のラブレターだと言って喜んでいた。

もしかすると、そんなものを寝室に飾っているのがいけないのかもしれない。

でも、はずしたいと言ったら映一に理由を訊《き》かれてしまう。

「どうしよう……」

泉が欄干に突《つ》っ伏《ぷ》すと、爽《さわ》やかな秋風が慰《なぐさ》めるようにふわふわと髪をなでてくれた。

おおらかを通り越して気の利《き》かないところはあるけれど、映一は鈍感じゃない。してほしいことに気づいてくれないことはあっても、絶対に人の嫌がることはしない。

ベッドで急に具合が悪くなっても、責めたり問い詰めたりせず、やさしく労《いたわ》ってくれる。そして、精神的なことだと気づいているはずなのに、心が専門の病院で診《み》てもらえなんてことはけして口にしない。代わりに、花や観葉植物を買ってきてくれたり、行ってみたいと話したことのある郊外の美術館にドライブがてら連れていってくれたりした。

だから、これ以上心配をかけたくない。

「今日は大丈夫な気がするんだ」

風呂から出てきた映一の腰に腕を巻きつけると、泉は顔を見上げて言った。

「無理するなよ。こんなこといつだってできるんだから」

「こんなこと……？」

泉が瞳を曇《くも》らせると、映一はくすっと笑った。

「こんな気持ちいいことの略です」

そう言って、両手で軽がると泉を抱き上げ、そのまま寝室に歩いていった。


窓の外にいるのは何番目の月だろう。

月の光には人を狂わせる力があるけれど、ふだんは地球が影を落としてそれをやわらげているのだという。

『だから狼男は満月の夜に現れるんだ』

月を肴《さかな》に飲んでいるときに、そう言って映一が襲《おそ》いかかってきたことがあった。リビングのソファで、牙《きば》のない狼男に襲われながら、ひどく興奮したのを覚えている。ワインじゃなく、あれは赤みを帯《お》びた真夏の満月に酔っていたのかもしれない。

今夜が満月ならいいのに……。

窓のほうを見るが、カーテンが閉まっていて外は見えない。けれど、月明かりのように淡い間接照明の光が、寝室をほんのりと包み込み、時間が過ぎるのをゆるやかにしてくれている。

あの夏の夜を思い出しながら、映一に抱かれよう。思い出の中の月の力を借りて、思いっきり淫《みだ》らな気分になってみよう。

映一が唇を舌先でなぞりながら、感じやすい部分をふれあわせてくる。

この男を愛してる。この身体が恋しい。大丈夫……。

甘い菓子でも食べるように唇を味わう映一に、泉は熱い吐息を洩《も》らした。

唇がしゃべったり食べたり、それから、キスするためだけにあると思っていた泉に、どんなにここがエロティックなフィーリングを感じられる場所なのか教えてくれたのも映一だった。

妖怪オタクの民俗《みんぞく》学の先生という、外側に見せている顔からは想像できない映一のもうひとつの顔を、自分以外の学生が知らないことが自慢だった。

でも、映一が恋人としてもいい感じなんじゃないかと思っている生徒は多いはずだ。初めて逢ったときの、自分の第一印象もそうだった。ベッドでの映一は期待していた以上だったが、そのぶん、はじめの頃は自分がどうすれば映一を悦《よろこ》ばせられるのかわからず戸惑った。

映一は最初から自分の身体を知っているみたいだった。もちろんそれは、単純に経験の数の違いだろう。映一は恋愛経験のなかった自分と違って、ほかの誰かの身体を知っている。

比べられたらどうしよう。いや、きっと比べてる。

誘われたときからわかっていたことなのに……。最近、そんなことばかり気にしている。

映一はなにも変わっていないのに、自分が持っている未解決な感情のせいで……。

こんな自分じゃ、いつかきっと……。

「映…っ…」

苦い想いと矛盾《むじゅん》する快感に、泉は映一の背中に爪を立てた。その瞬間、

「……!?」

突然大きな音がして、なにかが床に落ちてきた。

「あ……」

さっと、身体じゅうの血の気が引いた気がした。泉は半身を起こし、蒼《あお》ざめた顔で壁の下方を見つめた。

橋の上で思ったことを証明するように、自分の想いと罪の意識の象徴の絵が床に落ちていた。

「……やっぱりな」

泉が言おうとした言葉を、映一が先に言った。泉は驚いて映一の顔を見た。

「そうじゃないかと思ってたんだ……」

心臓がどきんと鳴った。気づかれてた？

「映……おれ……」

思わず声が震えた。シーツをつかんだ両手も細かく震える。

「こわがらなくて大丈夫だよ。こういうことは俺の専門分野なんだから」

「え…？」

「橋姫《はしひめ》の祟《たた》りだな」

「……」

泉はシーツをつかんだままぽかんと映一を見つめ、それから「えーっ!?」と声をあげた。

「間違いない。この絵が窓になっていて、橋姫が寝室を覗《のぞ》いてるんだよ」

「な、なに言ってんだよ。橋の神さまが覗き…じゃなくて、カップルに嫉妬するなんて、そんなこと本気で信じてるんじゃないよね？」

「信じるも信じないも、現に俺たちのエッチが妨害《ぼうがい》されてるじゃないか。なにかが邪魔してるのはわかってたけど、橋の姫さまだったとはな」

わかってたって……。端《はな》から自分を疑いもしていなかった映一に、泉はほっとし、さっきとは違う意味で脱力した。と、同時にひどく罪悪感を感じた。

偶然なんかじゃない。

もうひとりの映一を想って描いた絵を、寝室になど飾っていたからだ。橋の上で思ったことが正しいという印に、しっかり留めた額が落ちてきたのに違いない。

「映……その絵、このままはずしちゃっていい？」

泉はおずおずと訊《たず》ねた。

「そうだな。寝室はまずいかもな。リビングにでも…」

「だめだよ。ソファでやることだってあるんだから」

必死な目で訴《うった》えると、映一は泉の髪をなでながらうなずいてくれた。

「大学の研究室に飾るよ。ふたりがいっしょにならない場所なら大丈夫だろ」

「でも……」

「俺は大丈夫。泉が俺のために描いてくれたラブレター、毎日眺《なが》めてたいんだ」

映一の言葉をありがたいと思うのと同時に、胸の中に苦い想いがこみあげてくる。

膝《ひざ》を抱えてうずくまるのを見て、映一は泉の背中をやさしくさすった。

「大丈夫……心配ない。すぐによくなるよ。原因はわかったんだから」

「……」

泉は映一の顔を見、泣きそうになってまた膝に顔を埋《うず》めた。

いっそすべてを話してしまおうか……。

映一は、こんなことで自分を捨てたりはしない。でも、知られてしまったあと、どう振舞《ふるま》っていいのかわからない。

恋人が、自分を見るたびにもうひとりの誰かを思い出している。もし逆の立場だったら、そんなことを知らされるのは絶対に嫌だ。きっと耐えられない。

映一にそんな思いはさせたくない。だから……。


心に負《お》い目《め》があると、ふだんはなんでもない光景が意味ありげに見えたりするものらしい。そう自分に言い聞かせるが、どうしても頭から離れない。

今日、文学部の図書館に本を借りに行き、映一を見かけた。ふたりの関係は秘密なので、そばを通っても軽く挨拶《あいさつ》を交わすくらいの接触しかしない。相手が気づいていないときには、わざわざ声をかけることもない。いつもならそのままやりすごすのだが、泉は分厚《ぶあつ》い本を胸に抱え、図書館の入り口で立ち止まってしまった。

映一は図書館の前にある噴水の縁《ふち》に腰を下ろし、男子生徒と話をしていた。開いた本を指さしながら話しているので、ひと目で民俗学のことで質問をしていることがわかる。そんな情景は何度も見たことがある。大抵《たいてい》は女子学生に囲《かこ》まれている場面だが、紙コップのコーヒーなんかを片手に、男子生徒と楽しげに話をしていることもよくある。

でも、その学生の容姿《ようし》と、映一を見る表情が一瞬で泉を不安にさせていた。

派手な顔立ちというわけじゃないけれど、モデルや俳優を街中で見かけたときに、明らかに周りと放つオーラが違うと感じる、そういう種類の美形だ。そんな彼が、尊敬というよりは好意に近い眼差《まなざ》しで映一を見つめている。少なくとも自分にはそう見える。

映一を好きになる学生がいたって不思議じゃない。ゲイであることを公言しているから、打ち明けて受け入れてもらえる可能性はゼロでなく、アプローチしてくる男子生徒がいてもおかしくはない。

今の自分は映一に対して引け目があるので、強力なライバルが現れたら競《きそ》いあう自信がない。もちろん、映一のことは信じている。浮気をするタイプじゃないことも、つきあってみてよくわかった。でも……。

あんなに簡単に自分を拾ってくれた人だから、捨てるときも簡単かもしれない。

「映って面食《めんく》い……じゃないよね？」

泉はごぼうのささがきをしながら、カウンターの向こうにいる映一に言った。

「知らなかったのか？　こんな美人と暮らしてるのに」

新聞をずらして映一が顔を見せ、膝に抱かれたカニタマが泉を見てにゃあと鳴いた。

「じゃあ、大学できれーな生徒に声かけられたりしたら、おれにしたみたいに簡単にナンパするんだ」

なにを言ってるんだろう。自分にそんなことを言う権利があるんだろうか？

「泉はたしかにタイプだけど……それだけでナンパしたんじゃないから」

「なに？　猫がついてたから？」

映一はくすっと笑うと、カニタマを床に下ろしてカウンターの中へ入ってきた。

「俺が浮気でもしてるって思ってるのか？」

「そうじゃなくて……」

うまい言い訳が見つからず、泉は大学で今日、映一と男子学生が話しているところを見たことを告白した。

「え？　ああ、本の内容で質問があるとかって……」

「すごい美形だったじゃん」

足元にカニタマがすり寄ってきたが、泉はむきになってごぼうを削《けず》った。

「そうだっけな？　きれいでもタイプじゃないと印象に残らないんだよな」

「さっき面食いだって言ってたくせに」

映一はにやりと笑い、ふうんと言って泉の顔を覗き込んだ。

「もう、邪魔。暇ならにんじんの皮でも剝《む》いてよ」

うるさそうに言って、泉は映一にピーラーを渡した。が、映一が「どうやって使うの？」と訊いたので、ため息をついて取り返す。

「泉ってやきもち焼いたりするんだ。可愛《かわい》いな」

「可愛いって……映がそういうのなさすぎるんだよ。自信満々っていうか、なんでもありっていうか……」

「自信はあるよ。俺のタイプは未来永劫《みらいえいごう》、泉だって」

「……」

なにそれ。泉は眉を寄せて映一を見た。あんなに簡単にナンパしたくせに……。

「できもしない約束、軽々しくしないほうがいいよ。未来のことなんて誰にも…あっ」

映一が腰に腕をまわしてきた。そして、そのまま身体を引き寄せる。

「待って、カニタマが…」

泉にしっぽを踏まれそうになり、カニタマはダイニングのほうへ逃げていった。が、映一は嬉しそうに顔を近づけてくる。

「ちょっ……包丁、危ないって…」

「未来ってどこにあるか知ってるか？」

「未来はまだ来てな…」

「ここだよ」

泉の手から包丁を取ってまな板の上に置くと、今度は遠慮なく抱きしめてくる。

「過去も未来も、ぜんぶセットで俺の腕の中にあるのさ」

よくこういうセリフを照れもせず言えると思う。もうひとりの映一は、絶対にそういうことを言うやつじゃなかった。

でも、考えていることは同じだ。抱きしめる腕の感触も、温《ぬく》もりも……。

忘れたい。でも……。


好きなまま別れた人を嫌いになる方法はない。逢うことができなければ、嫌いになる機会《チャンス》だってない。

映一がなにも知らずに絵を大切にしてくれているのが苦しいなら、恋人の映一のために絵を描き直そう。もうひとりの映一を好きになった事実は、もうやり直すことができないから……。

べつの角度からも描いたと言って渡せば、不自然でなくプレゼントができる。

それで自分のおかしな症状が治るかどうかはわからないけれど、少しは気持ちがラクになるはずだ。

泉はスケッチブックを手に、聖人橋から玉姫橋を見つめた。

秋の風が涼しい。あのとき感じていたのと同じ風の匂いに泣きたくなる。もうどこにもない時間と場所の匂い。二度と逢えないもうひとりの映一と、目の前にいる映一がそっくりなのと同じで、愛しいと思うぶんだけ胸が痛い。

　でも、逃げることも手放すこともできない。好きという気持ちはどうしようもない。

「そんなにあの橋が好きなのか？」

　気配もなく突然声をかけられ、泉は驚いて振り向いた。

「あ……」

　思わず小さく声をあげた。立っていたのは、大学で映一と話していた青年だった。

　バランスのとれた身体と端正《たんせい》な顔が、ジーンズにセーターというごく普通の格好《かっこう》をした青年をファッション誌のモデルのように見せていた。

「玉姫橋から見た聖人橋のほうが美しいのに、なぜあっちの橋ばかり描くんだ？」

　青年の唐突《とうとつ》で強引な発言に、泉はむっと眉を寄せた。もちろん理由はある。でも、初対面の人間に本当のことを話す必要なんてない。ましてや、こいつには……。

「人の勝手だろ。おれがこっちから描きたいんだか…」

　言いかけて、泉は目を丸くして青年を見た。どうして同じ絵を描いているなんて知っているんだ。最初の絵を描いたのはこの現実じゃないのに……。

「荻島《おぎしま》先生の研究室にも同じ橋の絵があった」

「ああ……」

　納得したのも束《つか》の間《ま》、今度はまたべつの疑問が湧《わ》いてくる。こいつは、どうして自分と映一が関係があることを知っているんだろう。まさか……。

「恋人いるんですかって訊いたら、この絵を描いてくれた人がそうだって言ってたから」

「嘘だ。映がおれのこと生徒に話したりするはず…」

「先生はなにも言わない。でも、先生のマンションはあそこで、僕は君がここで玉姫橋を何度もスケッチする姿を見かけたから。すぐに君だってわかった」

泉は、ほっと肩の力を抜いた。

「君、この近くに住んでるんだ」

「近くといえば近くだよ。かなり」

「なんだ。それでか……」

「なんだって、気づいてたんじゃないのか？」

「……？」

不思議そうな顔をする泉に、青年はふっと微笑《ほほえ》んだ。

「先生のために買い物して帰る君をここから見てたこと」

橋を通るたびに感じていた視線のことを思い出し、背中がぞくりと寒くなった。

「彼、やさしいね。他学部の生徒なのに、質問したら親切に教えてくれた。研究室に連れていってくれて……本まで貸してくれたよ」

「映は誰にでも親切だから……」

動揺を気取られまいとして、逆に声が震えてしまう。

「悪いけど……僕、君から大事な先生のこと取っちゃうかもしれない」

「……！」

泉は大きく目を開いて青年を見た。

「先生はその気ないみたいだけど、自信あるんだよね。というより……」

青年はきれいな指で前髪をかきあげ、ちらっと泉を見た。

「今の君には、自信がなさそうだから……」


「映っっ」

映一が帰ってくるなり、泉は玄関で抱きついた。

「元気になったみたいだな」

馬鹿……逆だよ。泉はぎゅっと目をつぶった。

恋人を奪ってやると言われたのに、いちばん痛いところ、いや、今いちばん弱っている部分を突かれ、ひと言も言い返せずに逃げ帰ってきてしまった。

「やっぱ絵を移して正解だったのかな」

映一の胸に顔を埋めたまま、

「映……おれ今日……」

橋の上で会った青年のことを話そうと思った。でも、ラブレターを書き直すみたいに絵を描いていたことが後ろめたくて、言葉がつづかなくなった。

「今日、どうした？　なにかあったのか？」

「サバ味噌《みそ》作ったんだ」

泉は顔を上げ、笑顔で言った。

「そういえば……そそられる匂いが」

くんと鼻を鳴らすと、映一は嬉しそうに目尻を下げた。

「うまいって言ったもの、ちゃんと覚えてくれてるんだな」

「え…？」

「ここんとこ、夕食がずっと俺の好きなものばかりだ」

俺の好きなもの……。なに出してもおいしいって言うくせに……。

泉は唇をかんでうつむいた。

ここしばらく作っていたのは、もうひとりの映一がリクエストしたメニューだった。

「泉さぁ、もしかして……」

顔を覗き込む映一に、泉はどきっとなる。

「俺のこと太らせようとしてる？」

「あ、バレてた。太らせて食っちゃおうかなって。そしたら誰かに取られる心配……」

笑いながらうっすらと涙ぐむ泉に、映一はやさしい苦笑いをする。

「夜のこと気にしてるのか？　馬鹿だな」

「だって……」

言いかけて、涙といっしょに呑《の》み込《こ》む。そこから先は言うことができない。

「俺、思ったんだけどさ……」

またどきりとしたのを隠し、泉は映一の顔を見た。

「女の神さまがカップルに嫉妬するのって、ターゲットは女性なんだよ。女が山に入ると祟られるとか、漁船に乗ると嵐になるとか聞いたことないか？」

そういう言い伝えが多くあることは知っている。でも、それがなんなのだろう。泉は怪訝《けげん》そうな顔でうなずいた。

「彼女はきっと、泉のこと女だって勘違いしてるんだと思う」

「えっ!?」

「名前が泉だし、華奢《きゃしゃ》で女顔だろ？　絶対に間違えられてるんだよ。だから、誤解を解けば祟るのやめてくれるんじゃないかな」

真剣に語る映一に、泉は思わず笑ってしまう。

泉の額《ひたい》に額をくっつけ、映一も笑う。

「いや、笑いごとじゃなくてマジな話」

「……うん」

冗談を言って慰めてくれる映一に、泉は素直にうなずいた。

やさしい恋人のために、そういうことにしておこう。とりあえず今夜は……。


つぎの日、映一はエリゼのケーキの箱を提《さ》げ、いつもより早く大学から帰ってきた。

ケーキで機嫌が直ったり元気になったりすると思われているのはちょっと情けないけれど、やっぱり嬉しい。早く帰ってきてくれるのも……。

「あれ……いつからこの箱リボンなんか…」

泉が不思議そうに金色の細い紐《ひも》にふれようとすると、

「あっ、ほどいちゃだめだぞ。橋姫への供物《くもつ》だから」

「え…？」

「それは水引《みずひき》だ」

「水引って……ご祝儀《しゅうぎ》袋とか香典《こうでん》袋についてるあれ？」

「本来は、神への供物が穢《けが》れてませんって印に結んでたものなんだ」

昨夜《ゆうべ》言っていたのは、冗談でも慰めでもなく本気だったらしい。

「よし、鎮《しず》めの儀式をするぞ」

ケーキの箱を手に、映一は毅然《きぜん》とした顔で言った。

「しずめ？」

「そう、これで橋の姫君にご機嫌を直してもらうんだ」

「ケーキで？」

「姫っていうからには若い女性だからな。やっぱだんごや餅《もち》よりケーキだろ？」

ウケていいのか、まじめに受け取っていいのかわからない。泉は黙って箱を見つめた。

「泉にも近いうちに買ってくるから拗《す》ねるなよ。恋人への土産《みやげ》のついでに買ってきたものじゃ、神さまの気持ちを鎮められないからさ」

見当はずれなフォローをする映一に、くすっと笑って腕にしがみつく。

「絶対に買ってきてよ」

悪戯《いたずら》っぽく見上げながら、泉は心の中でつぶやいた。

鎮めの儀式でもなんでもやる。映一がそれを信じているのなら……。


「儀式なんて言ってずいぶん簡単だね。盛《も》り塩《じお》するとか、御神酒《おみき》あげるとかしなくていいの？」

さっそくふたりして玉姫橋の袂《たもと》にやってきたが、儀式というにはあまりにも簡単な、供え物を親柱《おやばしら》のところに置き、誤解であることを祈りで伝えるだけらしい。

「こういうのは、簡単なほうが効き目があるんだよ」

面倒くさいからじゃないの？　そう思ったが、泉は黙ってうなずいた。

「橋姫さま、玉姫さま。よく見てやってください。泉は男です。私とこの子は男同士のカップルで、姫さまが嫉妬なさる対象にはなりません。どうか、誤解であることをご理解いただき、泉にかかっている呪《じゅ》を解いてくださいますようお願い申し上げます」

とんでもない内容の祈りを、映一は真剣な顔で唱《とな》えている。泉はちょっと笑いそうになり、でもすぐに映一に倣《なら》い、神妙な顔で両手を合わせた。

神さまでも妖怪でも、なんでもいい。このやさしい男のために、ばらばらになっている気持ちをひとつにして、きちんと応《こた》えたい。心も身体もぜんぶ……。


祈りというものには、なにかしら人の気持ちをすっきりさせる作用があるのだろうか。

懺悔《ざんげ》をしたわけでもないのに、隠しごとの詰まった胸の中が少し軽くなった気がした。

気のせいならそれでもいい。今なら映一に本当のことを言えそうな気がした。

「映、あのさ…」

泉が口を開きかけたとき、インターホンが鳴った。

一瞬、『邪魔が入るということは、自分の中で心の準備ができていないからだ』と、高校生の頃、親友の界《かい》が言っていたのを思い出した。泉は小さく息をつき、玄関に出ていった。

「先生いらっしゃる?」

ドアを開けると、十五、六歳くらいの髪の長い少女が立っていて、泉の顔を見るなり言った。

ダブルのブレザー、ミニスカートにワンポイントのついた紺《こん》のハイソックスが可愛い制服は、駅や電車の中でよく見かける沿線の女子高のものだった。

つまり映一の生徒ではない。本の読者……というより積極的なファンだろうか?

泉が見つめていると、少女も大きな黒い瞳でじっと泉を見つめ返してきた。

「どうした? セールスか?」

映一が出てくると、少女はきれいな眉をきゅっと寄せた。

「先生、責任とってちょうだい」

少女の言葉に、泉はぎょっとなって映一を見た。が、映一はなぜか笑顔を浮かべている。

「なんの責任でしょうか? 姫」

泉がきょとんとしていると、少女はふふっと笑った。

「ケーキをたくさんありがとう。でも、こんなにひとりで食べたら太っちゃうでしょ?」

そう言って、淡いブルーの箱を持ち上げてみせた。

「あ……」

泉は小さく声をあげた。少女が手にしているのはエリゼのケーキの箱で、かかっていた金色の紐はほどかれ、少女の制服のシャツの襟元《えりもと》にリボンとして結ばれている。

「あのね、君。そのケーキは…んっ」

言いかけた泉の口を、映一が手のひらで塞《ふさ》いだ。

「玉姫さま……ですよね？」

映一の言葉に、泉は大きく目を見開いた。が、少女は驚きも不思議がりもせず、そのとおりだというふうに映一に微笑んだ。

「話もあるし、いっしょにケーキ食べてもらおうと思って……。上がってもいい？」

なにがどうなっているんだろう。泉が呆気《あっけ》にとられていると、

「ようこそ。どうぞお上がりください」

映一は、見知らぬ少女をあっさりと家へ招き入れた。

まるで自分を拾ってくれたときのように……。

2

淡いブルーの箱の中には、いろんなケーキが取り混ぜて入っていた。

人にプレゼントするときにはちゃんとできるんだ。メロンショートばっかり買ってくることについては、やはり一度言っておかなくてはいけない。

なんてことを考えてる場合じゃない。

泉《いずみ》は紅茶を飲むふりで、ちょこんとソファに座ってケーキを食べている少女を見つめた。

橋にケーキを供《そな》えるのを見ていて、悪戯《いたずら》を思いついたのでは……。そう疑いつつ、一度は神さまに献上《けんじょう》したケーキで、神だと名乗る少女とリビングでお茶をしている。

「お酒や和菓子はあるけど、ケーキを供えてくれた人って初めてよ」

少女は桃色の唇に生クリームをつけて、無邪気に笑った。

制服のスカート丈《たけ》は短く、髪も今どきの女子高生らしく明るい茶色にカラーリングされているが、透《す》き通《とお》るような白い肌とくっきりとした切れ長の目が日本人形を連想させる。

どう見ても女の子なので、このあいだの大学生のように自分のライバルになる可能性はないのだが……。

「どうしてそんなにじっと見つめるの？」

きれいな瞳で見返され、

「な、なんで神さまが普通に見えてるのかな……って」

焦《あせ》りつつ、泉は素朴《そぼく》な疑問を少女にぶつけた。

「あなたが見えることを自分に許してるからでしょ？　じゃなきゃ見えないはずよ」

「許してるって……映《えい》はともかく、おれそんな覚えないんだけどな」

女子高生らしからぬ少女の言葉に、泉は戸惑いの笑みを浮かべた。

「許可するじゃなくて、受け入れるって言ったほうがわかるかしら。ほら、だって泉は信じるしかない体験して…」

「えっ…」

「事故に遭《あ》いそうになってべつの世界に…」

「姫さまっ、紅茶のおかわりいかがですか⁉」

泉はいきなり立ち上がって言った。間違いなく、この子……いや、この人は橋姫《はしひめ》だ。映一《えいいち》も知らない、橋の上から始まった自分の秘密を知っている。

「おかわり、いただくわ」

玉姫は、泉がそれ以上話さないでくれと言いたいのをわかってくれたらしい。

「気絶してたあいだにいっぱい夢を見て、ずいぶん奇想天外《きそうてんがい》な体験したみたいなの。それで、頭の中にあった偏見が取れちゃったのよね？」

玉姫《たまひめ》の言葉に、泉はほっとしてうなずいた。

「夢がきっかけで信じるようになるとは便利だな」

「夢見たからじゃなくて……映の影響だよ。だからあんな不思議な夢…」

「愛しあってると、考え方とか似てくるって言うもんな」

映一が嬉しげに肩を抱き寄せたので、泉はあわてて振りほどいた。

「馬鹿、そういう態度が姫を怒らせて…」

「ストップ！　それぞれ、それなのよ。私が怒ってるのはそういうことじゃないの」

玉姫が、映一と泉のあいだにフォークを突っ込んで止めた。

「先生、私があなたたちに嫉妬してエッチの邪魔してるって泉に言ったでしょ。それって、濡《ぬ》れ衣《ぎぬ》もいいところよ」

泉と映一は顔を見あわせた。

「あなたたちが男性同士のカップルだって知ってるし、泉が家出してきては橋の上で先生が迎えに来てくれるのを待ってたことも、ちゃんと知ってるんだから」

恥ずかしい姿を見られていたことがわかり、泉は顔を赤くした。

「だから、嫉妬で仲を裂《さ》こうなんてありえない話なの」

「それはご無礼を。でも、ではいったい誰が泉を？」

誰がって、誰でもないよ。泉はいたたまれずにうつむいた。

「聖《ひじり》よ」

「え…？」

映一と泉は同時に玉姫の顔を見た。

「聖人橋《しょうじんばし》の護《まも》り神。聖っていうの」

「そうか、向こうから見たら泉が女に見えたんだな。あれ……でも、聖人橋の護り神は姫君じゃなくて…」

「聖は男よ。それに、泉が男の子だってこともちゃんと知ってる」

「えっ、じゃあ……おれが祟《たた》られたってことは、聖人橋の神さまは映のこと…」

「もういいでしょっ」

姫はなぜか急に不機嫌な顔になり、泉をにらみつけた。

「私の口からは言いたくないの。理由は本人に訊《き》いてちょうだい。私は誤解を解きに来ただけだから」

そう言うと、玉姫はふたりの目の前から消えた。

来るときには玄関で靴を脱いで入ってきたのに、帰るときは空気に溶けるみたいにいなくなってしまった。

あとには、空のティーカップとケーキ皿が残されていたが、残りのケーキの入った箱と玄関の靴は玉姫といっしょに消えていた。

自分の心以外のものが原因だとわかり、泉は少しほっとした。

が、問題が解決したわけじゃない。橋の神さまが映一を好きになり、恋人である自分が嫉妬から祟られているなんて、違う意味で大問題だ。それなのに……。

橋の神に恋心を抱《いだ》かせ、泉に災《わざわ》いをもたらした張本人は、まんざらでもない顔をしている。

「嬉しそうだね。美形の橋の神さまに惚《ほ》れられちゃって」

カップを洗う手を止め、皮肉をこめて言ってやる。が、映一は泉の隣で皿を拭《ふ》きながらにやにやしている。

「感じわるー」

どうせやきもち焼きだよ。自分勝手で心が狭《せま》いよ。泉は、泡だらけのスポンジをシンクに放り出し、エプロンをはずして映一に押しつけた。

「映はコウモリでもヤモリでも、美人なら嫁にしちゃうやつだもんな」

「ん…?」

エプロンをかけながら不思議そうな顔をする映一に、泉は気まずくうつむいた。

それはもうひとりの映一のことだった。同じ姿をしているので、ときどき混乱してしまう。

「俺はいっしょに暮らすのは動物でも妖怪でもなく、人間がいいな」

泉の不審《ふしん》な態度を気にすることもなく、映一は泉の背中に抱きついてきた。

「おれ……人間だけど、映に見せてないことがあるんだ」

「正体知ったら、自分の世界に帰ってしまうのか？」

そうじゃなくて、映が追い出したくなるってことだよ。

「おれ、お伽話《とぎばなし》の嫁みたいに、正体知られてもどこにも行かない。行きたくない。だから……映もおれのこと追い出さないで……」

泉は、胸にまわされた映一の手をつかんだ。

「聖のことなら心配ないよ。あいつは俺のことなんかなんとも思ってない」

「え…？　まさか、おれ？」

映一は泉の手をそっとほどくと、横から顔を覗《のぞ》き込《こ》んで笑った。

「彼が好きなのは彼自身だよ」

「へ…？」

「だから、泉が聖人橋の上で玉姫橋を描いていたのが気に入らなかったんだよ」

「なんでそんなことわかるんだよ」

適当なことを言う映一に、泉はむっと眉を寄せた。

「人の気持ちはわからないんだけど、妖怪や神さまの気持ちはわかるんだなぁ……」

「専門だから？」

まじめに反応する泉に、映一はあははと笑った。

「姫の態度見てわからなかったか？」

ぜんぜん気づかなかった。でも……。

「神さまってもっと神々《こうごう》しいのかと思ったら、そうじゃないんだね。やきもち焼いて嫌がらせしちゃうとか……ケーキが食べたかったとか……」

「人間の生活圏にいる神さまっていうのは、素朴で単純明快にできてるんだよ。友達みたいに仲よくすればちゃんと守ってくれるけど、気に入らないことをすると悪戯したり祟ったりね」

映一の説明に、泉は神妙な顔でうなずいた。

「じゃあ、やっぱりお供えとかすれば機嫌直してもらえるのかな？」

「聖人橋の絵を描くんだよ。それしかないだろ？」

「あ……そっか」

泉はなるほどと思い、それからふうっとため息をついた。

神さまだって、嫉妬したり想いが通じなくてイライラしたりする。そのことがわかってちょっと気がラクになった。

でも、だからと言って、自分の気持ちがきれいに帳消《ちょうけ》しにされるわけじゃない。

聖人橋の神さまに機嫌を直してもらい、それで自分のおかしな症状がすっかり治ればいいけれど、もしそうならなかったら……。

今度こそ、自分の中に住んでいるもうひとりの映一と向きあわなくてはいけなくなる。

とりあえず、映一の言葉を信じて、アドバイスどおりに玉姫橋の上から聖人橋をスケッチすることにした。

今夜は久しぶりに龍龍《ロンロン》に食べに行けばいいから、大学から戻ったらすぐに実行するようにと言われた。人を急《せ》かせたり指図《さしず》したりすることのない映一には珍しいことだった。そして、

『満月みたいな龍龍のかに玉を食ったら、いい感じに発情するかもしれないしな』

そんなことを耳元に囁《ささや》いた。

なにも知らない映一は、聖人橋の絵が完成したらすべてが解決すると思っている。聖が許してくれたあとも、症状が治らなかったらどうしよう。そう思うと不安で、でも、描かないわけにはいかないのだ。

自分だって早く、思いっきり映一に抱かれたい。満月でもかに玉でもいいから、素直に欲情させてほしい。

「彼氏とのエッチのことなんか考えながら描いてたら、また聖に祟られるわよ」

「わっ……」

突然、玉姫が欄干《らんかん》の上に現れたので、泉は驚いてドローイングペンを落とした。が、ペンは地面に着く直前に空中で止まり、すうっと泉の手に戻ってきた。

「あいつがどうしようもないナル男《お》だって、よくわかったわね」

泉は目を丸くしていたが、すぐにペンを握《にぎ》り直《なお》し、ふっとため息をついた。

「……やっぱりそうなんだ。人が悪いな。言ってくれればいいのに」

「悔しいから言いたくなかったの」

「聖人橋の彼が好きだから？」

「違うわよっ」

わかりやすい玉姫の感情表現に、泉は思わず微笑《ほほえ》んだ。

なんとなくほっとして、再びスケッチブックに向かう。

「素敵ね……。ペンで描いた線なのに、どうしてかしら？　色が見えるし、風の匂いや水の音を感じるわ」

欄干の上に立ったまま、玉姫が泉の絵を覗き込んできた。

「危ないよ」

泉が手を差し伸べると、玉姫は優雅なしぐさで手をとり、ふわりと目の前に降りてきた。

「危ないって思われてるのは泉のほうよ」

「おれ？」

泉はペンで自分を指した。玉姫はうなずき、泉の後ろに視線を投げた。振り向くと、若い女性がふたり、訝《いぶか》しそうにこっちを見ていたが、泉と目が合うとそそくさと立ち去った。

「絵を描きながら空中に向かってしゃべってるなんて、かなり怪《あや》しいもの」

「あ……そっか。姫のこと、ほかの人には見えてないんだ」

「見える人もいるけど、そういう人って見えてもあんまり気にしないのよね」

それはいえている。映一を見ているとわかる。声高《こわだか》にそういうものがいると人に押しつけることはなく、べつの見方ができるのは楽しいことだと教えている。けして領域を侵《おか》すことなく、見えない存在を静かに受け入れ、いとおしんでいる。

なにかが出たとか見えたとかで大騒ぎをするのは、存在を信じていない人間のほうだ。もうひとりの映一と出逢う前の自分がそうだったから、よくわかる。

橋の神さまと話をするなんて、以前の自分なら考えられないことだった。こわくないのは、玉姫がまるで神さまらしくない姿をしているからかもしれないが……。

「あのさ……前から訊きたかったんだけど……」

泉は顔を上げ、玉姫に言った。

「神さまって、そういうカッコじゃなくて、なんていうか……」

「神社の巫女《みこ》さんとか、平安時代のお姫さまみたいな衣装じゃないと納得できない？」

「ていうか……それって、神さまとしてはかなり意表《いひょう》を突いてるよね」

泉の言葉に、玉姫は大きく肩をすくめた。

「泉は生まれた頃に流行《はや》ってた服をずっと着てる？　違うでしょ？　神さまがぞろっとした装《しょう》束《ぞく》を着てなきゃいけないってことはないんだから。そうあってほしいって人間の要望にしっかり応《こた》えてる神さまは多いけどね。とくに由緒《ゆいしょ》正しい場所に祀《まつ》られている方々は。人間ってイメージにこだわってるから」

言われてみればそのとおりだ。女子高生姿の玉姫を見て、最初は絶対に悪戯だと思っていた。完全に信じたのは、証拠をつきつけられてからだった。

「私たちがどんなふうにこの世界に生《しょう》じてくるか……ううん、もっとわかりやすく言うと、どうして人間が彫《ほ》った石のお地蔵さまや仏像がご利益《りやく》をもたらしてくれるか。わかる？」

そういうものだと思っていたから、考えたこともなかった。泉は小さく首を横に振った。

「どんなものも、期待に応えるのが好きなのよ」

泉はペンを止め、玉姫の顔を見た。

「必要とされて、お願いごととかされて、お供えをもらっちゃったりして、神さまや仏さまなんて呼ばれて崇《あが》め奉《たてまつ》られると、その気になって助けたり守ったりしてあげちゃうものなのよ。もとは道端《みちばた》の石ころだったとしても」

「人間も同じだよ」

「そう？」

「必要とされてると安心する。がんばるのが楽しくなる」

ふわりと微笑むと、泉はスケッチブックに視線を落とした。

「彼……聖人橋の神さまに気に入ってもらえるかな」

「気に入るわよ」

「ていうか、ご機嫌直してくれると思う？」

「大丈夫。あいつは単純だから」

玉姫の言葉に泉が笑いそうになったとき、

「失敬《しっけい》な」

「うわっ…」

突然、目の前に白いものが現れ、泉は仰《の》け反《ぞ》った。

「な、ななな に……？」

欄干の上に、白い着物を着た髪の長い青年が立っている。いわゆる長髪などというものではなく、風にさらさらと揺れる漆黒《しっこく》の髪はほとんど足元までありそうだ。

「やっと私の気持ちをわかってくれたようだな」

泉のスケッチブックを覗き込み、嬉《うれ》しそうな顔をする。どうやら、聖人橋の神さまらしい。

こっちは玉姫とは対照的に、じつにわかりやすいいでたちだ。

「白装束に素襖《すおう》ね……。お神楽《かぐら》でも舞《ま》うつもり？」

女子高の制服姿の玉姫は、聖を見上げながら鼻で笑った。

青年は白衣《びゃくえ》に白袴《しろばかま》を穿《は》いていて、玉姫が素襖と言ったのは、白い装束の上に羽織《はお》っている金糸《きんし》の刺繍《ししゅう》を施《ほどこ》したベストのようなもののことらしい。

「説得力があるだろう」

「神主《かんぬし》さんみたい……」

泉の言葉に、玉姫は声をたてて笑い、聖は腕組みをして泉をにらんだ。

「神楽の舞人《ほしゃ》や神主のほうがコピーで、こっちがオリジナルなのだぞ」

「コピーにオリジナル……ですか」

泉は思わず口元をほころばせた。時代がかった衣装と言葉遣《づか》いに、横文字が違和感があって可笑《おか》しい。

「そう聞こえるのは君の辞書機能のせいだ」

「私たちの言葉や姿は、人間が自分でこう聞こえるべきだとか見えるべきだって思っている範囲を超えては感じることができないのよ」

「今どきの若い人間は、正しい日本語のボキャブラリーが不足しているからな」

聖は欄干の上からひらりと降りてくると、泉の顔をじっと見た。

「あ、あーっ」

「やっと気づいたようだな」

派手な衣装を着ているし、髪が長くなっているので気づかなかったが、聖の顔をよく見ると聖人橋の上で泉を脅《おど》した東峰《とうほう》大の学生だった。

橋の近くに住んでいるなどと言って、橋の神さまだったのだ。あのときの脅し文句も、映一が好きだからでも奪《うば》いたいからでもなく……。

「どうだ、見れば見るほど私のほうが美しいだろう?」

相手は本物のナルシストだ。イエスと言えばすぐに片がつくのだろうが、玉姫を前にして「はい、そうです」と認めるわけにはいかない。今度はこの気の強い姫さまに祟られてしまうかもしれない。

「え、えと……おれはどっちもきれいだと思うけど、姫は聖人橋がいちばんきれいだって思ってて、いちばん好きみたいですよ。ね、姫?」

いきなり話を振られ、玉姫は真っ赤になった。

「泉っ、なんで聖にだけ敬語使うのよ。見た目に惑《まど》わされるなんて失望したわ」

あわてて話をすり替える玉姫に、泉はくすっと笑ったが、聖は満足そうにうなずいている。

「そうか……姫は私のことをいちばん美しいとわかってくれていたのか」

「そうよ。悪い?」

「君は素晴らしい女性だ」

「気づくのが遅いわよ」

　気づいたというより、いまいちわかっていない気がする。そう思ったが、泉は黙って微笑んだ。呪《のろ》いだの祟りだのと言っていたのが、橋の護り神の、ひどく人間的な感情が起こした出来事だったことが可笑しく、ほっとしていた。

「じゃあ、これで一件落着だね。あとは絵を完成させて…」

「いや、まだだ」

「えっ、まだなにか……」

　泉はもう勘弁《かんべん》して欲しいと、訴《うった》える目で聖を見た。

「夜の営《いとな》みの邪魔したのが私だと思われたままなのは、じつに遺憾《いかん》なことだ」

「違う……の？」

　泉は、不安そうに眉をひそめた。

「ふたりの仲が壊《こわ》れるように呪《じゅ》をかけはしたが、そうなるための原因がその人間の心の内になければかかることはないのだ」

「原因……？」

「そうだ。罪悪感とか猜疑心《さいぎしん》とか……心の奥に隠している感情が象徴的に現実に起きるように、念《ねん》を送っているだけのことだ」

「……」

泉は目を瞠《みは》って聖の顔を見た。

「泉が彼と床《とこ》をともにするときに申し訳ないと思っていたから、それに見合った症状が出ただけで、私が病《やまい》にさせたわけじゃない」

やはり原因の大元は自分だったのだ。呪いでも祟りでもなく……。

病気が治ると思って喜んでいる映一に、どう説明すればいいのだろう。

泉がスケッチブックを抱《かか》えたまま黙り込んでしまったのを見て、玉姫と聖は顔を見あわせた。

「泉……ケーキを食べさせてくれたお礼に、ひとつだけ願いごとを叶《かな》えてあげるわ」

「え…？　あ、あれは映がそうしようって……」

「させたのは泉でしょ？　それに、先生はお願いごとなんてないって言うわよ。あの人、好きな仕事ができて、あとは泉がいればいいって思ってるから」

「そうかな……」

そうだといい。でも、そうだったら、なおさら言えなくなってしまう。

映一に秘密を知らせることなく、自分の気持ちだけを解決できたら……。

玉姫はすべてを見て知っている。説明する必要もない。

泉は思い切って、してはいけないであろう願いごとを、叶えてもらえるかと玉姫に訊いた。

「話したりできなくていいんだ。あっちの映がどうしてるか……どんな人と……」

そこまで言って泉は黙ってうつむいた。

「気になるわよね。自分のいない世界で、大好きな人がどんな相手とくっつくか……」

玉姫は、友人の恋の悩みに同情する女子高生のように言った。

「そんなこと、できるわけないよね」

「できないことはないわよ。でも、願いごとはひとりひとつまでだから、行かせてはあげられるけど、こっちに帰してあげることができないの」

「そっか……往復チケットはだめなんだ」

泉は肩をすくめて笑った。できないと言われ、半分ほっとしながら……。

「私が戻してやろう。絵を描いてくれるお礼に」

「……」

聖の申し出に、泉は戸惑ったように瞳を揺らした。

「これで気がすむわね」

念を押され、急にわからなくなる。本当に気がすむんだろうか？　自分の知らない誰かが映一の腕に抱かれるのを見て、映一が幸せそうだからよかったと心から思えるだろうか……。

「今すぐに行く？」

泉はあわてて首を横に振った。

「お伽話じゃないんだから、そうさくさくと話を進めないでよ」

こんな大事なこと、心の準備なしにできるわけがない。

「人間って、ほんとまだるっこしいわね」

「まったくだ」

仲よく呆《あき》れながらも、ふたりの神さまは泉に考える猶予《ゆうよ》を与えてくれた。

自分たちはお伽話の世界の住人だから、あまり長く待たされるのは困ると、冗談なのか本気なのかわからない言葉をつけ加えて……。


鍋《なべ》でシチューを煮込みながら、泉がキッチンのテーブルで聖人橋の絵に彩色《さいしき》をしていると、

「この絵が完成したら、研究室の絵を持って帰って寝室に仲よく並べてやろう」

スケッチブックを覗き込み、映一が嬉しそうに言った。

「でもって、ふたりの前で思いっきりいちゃついてやる」

「そうだね……」

泉は、絵から顔を上げずに答えた。映一は絵が完成するまで待ってくれている。でも、それでうまくいかなかったらどうしよう……。

また不安になってきたが、そのことはそうなったときに考えることにして、今は心をこめて絵を完成させることに専念しなくては……。泉は小さく深呼吸をし、筆に絵の具を含《ふく》ませた。

細めのペンで細密《さいみつ》に描いた風景に、透明水彩の絵の具で軽く色をのせていく。玉姫橋を描い

たときと同じように、風や水の流れを感じられるように適度な余白を残しつつ、透明感のある絵に仕上げよう。

「いいねぇ……聖人橋もいつか描いてもらいたかったから、嬉しいなぁ」

「え…？」

泉は筆を持つ手を止め、映一を見た。

「ちょっと、玉姫橋の絵頼むときにそれ言ってよ。両方の橋の絵描いてたら、崇られたり…」

言いかけて、泉はあわてて口をつぐんだ。

「……頼まれたんじゃなかったよね」

ごめんと言おうとしたが、

「頼む前に、泉がプレゼントしてくれたからな」

映一の笑顔に、泉は筆を放り出して抱きついた。

「どうした？」

「……説明なんかできない」

「そりゃそうだ。説明するもんじゃなくて、味わうもんだもんな」

そう言って、映一は泉を抱きしめてくれる。

「この身体、うまそうな匂いがするなぁ」

「和食がつづいたから、シチュー作っちゃった。おれの好物」

「いいね。俺も大好きだ」

「ほんと？」

「早く食べたいな」

泉のこと……。映一が耳元で囁いた。

「すぐにできるから、もうちょっと我慢して」

ふたりにしかわからない二重の意味のある会話を、冗談めかして交《か》わす。と、映一は床に膝《ひざ》をつき、泉の腰に抱きつくと、甘ったれた犬みたいにエプロンに顔を埋《うず》めてきた。

泉はよしよしと映一の髪をなで、

「もうすぐだから……」

そう言って、お腹を空《す》かせた大きな子犬を抱きしめた。

3

「せっかくナルシストの神さまの呪《のろ》いが解けたのにな」

映一《えいいち》の冗談に、泉《いずみ》はベッドの中で苦笑いをする。

「禍々《まがまが》しいから、呪いとか言わないでくれる？」

できあがった絵を見せたら、聖《ひじり》は満足そうに長いあいだ絵を見つめていた。そして、泉と映一に申し訳ないことをしたと謝ってくれた。

身体がすっかりよくなったか試す機会がやってきたのに、風邪《かぜ》をひいてしまった。

自分と映一の仲を邪魔するものがなくなり、自分の映一への想いを試されるようで、それがこわくて熱を出してしまった気がする。

もちろん、わざと風邪をひいたわけではないけれど……。

映一のことを想って聖人橋《しょうじんばし》を描きながら、同時に別れてきた映一のことを想っていた。向こうの世界で、こっちの映一のことを片時も忘れられなかったのと同じ気持ちで……。

橋の神さまの微笑《ほほえ》ましい祟《たた》りは終結したけれど、自分の中はなにも変わっていない。

今度こそ、映一にすべてを話してしまおうかと思った。でも、映一を傷つけたくない。

いや……本当は自分が。

「食欲ないって言ってたから……これなら食べられるかなって」

「あれ……れ？」

映一が持ってきたブルーの箱の中を見て、泉は映一の顔を見、また並んだケーキを見た。

このあいだは姫へのお供《そな》えだからだと思っていたが、ちゃんといろんな種類を買ってきてくれている。

「なんだ……やっぱりメロンのやつだけのほうがよかったか？」

「ううん、いいんだけど……どうして急に？」

「どうしてって……同じのばっかり買ってくるって、文句言ってたじゃないか」

「言わないよ」

こっちの映一には……。泉は怪訝《けげん》そうに映一を見た。

「夢だったのかな？　たしかに聞いたと思ったんだけど……」

まさか……。泉は身を乗り出し、映一のセーターの裾《すそ》をつかんだ。

「あのさ、ちょっと訊《き》くけど……映の職場ってどこだっけ？」

泉の質問に、今度は映一が訝《いぶか》しげな顔になる。

「自分の通ってる大学の名前、忘れたのか？」

東峰大《とうほう》だ。泉はほっとし、同時にがっかりしながらため息をついた。

映一は、心配そうに泉の額に手のひらを当てた。

「熱ならあるよ。風邪ひいてんだから。でも頭はまともだよ」

一瞬、あの単純な神さまが願いごとを勝手に叶《かな》えてしまったのかと思った。急に可笑《おか》しくなり、泉はあははと笑った。笑いながら、でも、涙が出てくる。

「どうしたんだよ」

映一は眉をひそめ、顔を覗《のぞ》き込《こ》む。

「なんでもない。橋姫《はしひめ》さまがエリゼのケーキお気に召したみたいだから、お茶に招待して食べなよ。おれ、ちょっと眠りたい」

映一にケーキの箱を渡すと、泉は布団の中にもぐりこんだ。

しばらく映一が傍《かたわ》らに立っているのがわかったが、やがて静かにドアが閉まる音がした。

自分で自分の気持ちがコントロールできない。あのときとまったく同じだった。

あっちもこっちも大好きで、でもそれは両立できない気持ちで……。頭ではわかっているのに心がうまく処理できない。

願いを叶えてもらえるのなら、この未熟な心をどうにかしてほしい。

「うわっ…」

目を開けた瞬間、泉はベッドの中で飛び上がりそうになった。

玉姫《たまひめ》と聖が並んで顔を覗き込んでいる。

「失礼ね。風邪ひいて寝てるっていうから、お見舞いに来てあげたんでしょ」

横たわったまま、泉はふっと笑みを浮かべた。

「お見舞いっていうより……お迎えが来たみたいだね」

「テリトリーが違うぞ」

「願いごと叶えてあげるからさっさと言いなさい」

人が風邪で寝込んでいるのに、玉姫は急《せ》かすように言った。

「じゃあ、風邪治してもらおうかな。映がエッチできなくて淋《さみ》しがってるから」

「そんなもの、ほっといても治るでしょ」

玉姫は少し怒った顔で言い、泉はくすっと笑った。

「冗談だよ」

「じゃあ、このあいだ言ってた、もうひとりの先生が幸せかどうか確かめに行くツアーでいいのね？」

「姫から詳しい話を聞かせてもらったが、じつにロマンチックな願いごとだ」

泉はちょっと考え、それから首を横に振った。

「どうして？」

どうしてだろう。行きたい気持ちはあるのに、心の深いところでなにかがそれを止めている。自分のためにも、恋人の映一のためにも、そんなことはしないほうがいいと本当はわかっているのかもしれない。

それならばいっそ、忘れさせてもらおうか？　もうひとりの映一とのすべてを……。

「ほかに願いごと思いついたのね？」

忘れさせてほしい。言おうとして、一瞬、口にするのをためらった。

「なんでもいいわよ。遠慮しないで言いなさい。あ、でも、人の心だけはどうすることもできないからだめよ」

「え…？」

泉は驚いて玉姫の顔を見た。

「自分を思ってない人を振り向かせてくれとか、意地悪な人をいい人にしてほしいとか、そういうのはできないってこと。当然よね？」

神さまにはお見通しらしい。わざと遠い例を挙《あ》げてくれた玉姫に、泉は笑顔でうなずいた。と、満月の夜、ワインに酔った映一がなにげなく口にした言葉を思い出す。

『十五夜の晩、玉姫橋の上で月見デートできるといいのになぁ……』

夜空に浮かぶ満月と、川に映《うつ》る満月をいっしょに眺《なが》められる。でも、いいムードになっても往来《おうらい》じゃキスもエッチもできないと、本気とも冗談ともわからない顔で言っていた。

「中秋《ちゅうしゅう》の名月《めいげつ》の夜、姫の橋を貸し切りにするなんてできる？」

「できるけど、そんなことでいいの？」

「それだってすごいことだよ」

「ていうか、それは俺の願いで泉のじゃないだろ？」

言いながら、カニタマを抱いた映一が寝室に入ってきた。

「せっかくの神さまのプレゼント、人に譲《ゆず》ったりしないで素直に受け取ったらどうだ」

「べつに譲ったわけじゃないよ。おれだって、橋の上で月見したいって思…」

「行ってきてもいいぞ」

「え…？」

泉は映一の顔を見たまま、ゆっくりと身体を起こした。

「私の気持ち勝手に聖にバラした仕返しに、私も先生に泉の秘密話しちゃった」

へらっと告白する玉姫に、泉は大きく目を見開いた。

「そんな面白《おもしろ》い話、なんで聞かせてくれないんだよ」

映一の寛容《かんよう》な笑顔に、胸の奥から説明のできない感情が湧《わ》き出《だ》してくる。

「……なにが面白いんだよ」

泉がにらみつけると、映一は苦笑いしながら前髪をかきあげた。

「どうして泉が姫や聖をこわがらないのか、やっとわかったよ。俺に感化《かんか》されてくれたのかと思ってたけど、違ったんだな」

「……」

違ったんだなって、それでいいわけ？　映にとっては、その程度のことなわけ？

「よかったじゃない。先生の許可が下りて」

「なにがいいんだよ……」

泉は毛布を痛いほどつかみ、玉姫ではなく映一をにらんだ。

「なにがよくないのだ？」

聖が不思議そうに玉姫に訊いた。

「ぜんぜんよくないよっ」

投げつけるように言うと、泉は寝室を飛び出していった。


橋の上に家出してしまってからパジャマ姿だったことに気づくのは、これで二度目だ。

最初は、もうひとつの現実の中だった。

夕暮れの橋の上、泉は息を切らしながら欄干《らんかん》にしがみついた。

橋を通る人が怪訝そうな視線を投げては、見て見ぬふりをして通り過ぎていく。

馬鹿みたい。じゃなくて、ほんとの馬鹿だ。

映一に知られるのがこわくて隠していたのに、いざ知られて、そして簡単に許されてしまうと、それがひどく淋しく思えた。

もうひとりの映一を想っていたことを棚に上げて、映一がやきもちひとつ焼いてくれないことに傷つくなんて……。

子供っぽくて身勝手な自分の感情が嫌で堪《たま》らない。なのに、止められない。

熱があるのに走ったせいで、頭がぼうっとなっている。ふっと身体から力が抜け、泉はへたり込みそうになった。

「おっと……」

映一が、後ろから抱きかかえるように泉を捕《つか》まえた。

「さらわれないうちに迎えに来れたみたいだな」

そう言って、片手で泉を支えながら、手にしていた上着を羽織《はお》らせてくれる。

「ジョギングなら、熱が下がってからにしたほうがいいぞ」

映一の笑顔に、泉は泣きそうになって抱きついた。

「映……ごめん。隠してて……」

「隠してたんじゃなくて、言えなかったんだろ？」

もうなにも隠す必要はない。泉は素直にうなずいた。

「悪かった。泉の気持ち考えないで面白がったりして。でも……」

「浮気……だよね」

映一は首を横に振った。

「浮気じゃなくて、俺が泉に二倍愛されてるってことだろ」

「え…？」

泉は目を瞬《またた》かせて映一を見上げた。

「違う条件で出逢っても、ちゃんと俺のこと好きになってくれた」

「……」

どうしてそんなふうに思えるんだろう。泉の目にじわっと涙が浮かんでくる。

「映だって……あっちの自分に会ったら、そんなふうに思えないはずだよ。似てるけど違うこともあって…」

「だから忘れられない？」

「……」

答えようとしたが言葉にならず、涙がひとつ頬にこぼれた。

「せっかく忘れずに持って帰った思い出、忘れる必要なんてないだろ？」

問いには答えず、泉は映一のセーターの胸に額をつけ、ぎゅっと目を閉じた。

「映がもし……どこかの現実のおれと出逢って恋したら……おれ、やだ……」

泉の言葉に、映一は困ったように片方の眉を下げた。

「嫌だって言われても、俺はどこにいても泉を見つける。そして好きになる。生まれた家や姿形や名前が違っても、自分でつけた印を忘れたりしない」

この言葉……。もうひとりの映一が同じことを言っていた。

「龍龍《ロンロン》でカニタマを抱いて泉が入ってきたときみたいに、絶対に間違ったりしない。もちろん、もうひとりの俺も」

映一は微笑《ほほえ》みながら泉の前髪をかきあげ、泉は涙の溜《た》まった目で映一を見つめた。

あの店で出逢ったとき、初対面なのに同じ皿からかに玉を食べ、誘われるままに映一の部屋についていってしまった。なんの迷いも不安もなかった。冷静に考えれば、ひどく危険な行為だったのに……。

映一は過去に交わした約束を覚えていた。自分はすっかり忘れていたのに……。

「映……おれ……」

泉がしがみつくと、映一はそっと身体を放した。そして顔を近づけてきた。

「ここ橋の上…」

「見られたっていいさ」

だよね。パジャマ着てるってだけでもう十分……。泉は映一の腰に手を添《そ》え、目を閉じた。

映一とキスしたい。抱きあいたい。口づけて、抱きしめられながら、もっと欲しいと思う。

二度と心がばらばらにならないように、このまま映一とひとつになってしまいたい。

「それじゃあ、偵察《ていさつ》ツアーはキャンセルだな」

真後ろから声がして、泉は飛び上がった。

振り向くと、大学生の姿の聖が玉姫と並んで立っていた。

「姫が時代錯誤《じだいさくご》で恥ずかしいって言うからさ」

言葉も髪型も普通になっている。

「泉のご機嫌が直ったみたいだから、お月見始めましょうか？」

玉姫は、映一が買っておいたワインのボトルとグラスを両手に持っている。

「月見って、まだ日も暮れて……ていうか、昨夜《ゆうべ》は三日月で今日はまだ…」

泉が言い終わらないうちに、薄明かりに包まれた黄昏《たそがれ》の空が、さっと暗幕《あんまく》を引いたように夜空へと変わった。橋を明るく照らし、足元に濃い影をくっきりと落としているのは、天空に浮かぶ大きな満月だ。

「今年の中秋の名月は、たしか九月二十一日だよな」

「今日がいつかなんてどうでもいいでしょ。先生」

「ごもっとも。月と橋が美しければ」

気取った映一のセリフに、玉姫は満足そうにうなずき、

「抜《ぬ》かりのない男だな」

聖は呆《あき》れたように肩をすくめた。

「すごい……」

泉は映一の腕につかまったまま、肩で息をしながら月を見上げた。

「あらら……泉の具合が悪いこと忘れてたわ」

玉姫が苦笑いをすると、

「ツアーがキャンセルになったから、最初に言っていた願いごとを僕が叶えよう」

聖が人差し指を泉の額にそっと近づけてきた。

「あ……」

聖の白い指先が泉の額にふれた瞬間、蛍《ほたる》のような青白い光がぼうっと灯《とも》った。

一瞬だったはずなのに、聖が指を離したとき、何十分か熟睡していたような錯覚《さっかく》を覚えた。

「気分はどうだ？」

泉は目を瞬かせ、それから小さく深呼吸をした。

「すっきりしてる。なんか身体が軽い感じ」

映一があわてて泉の額に額を当て、驚いた顔をする。

「完全に下がってる」

「もう大丈夫なはずだよ。風邪も、あっちのほうも」

悪戯《いたずら》っぽく微笑む聖に、泉は心から「ありがとう」と言った。

「よかったな」

　映一が言った。泉は、いつもあるがままの自分を受けとめてくれる恋人の顔を見つめた。キスしたい気分だったけれど、ギャラリーが神さまではちょっと気が引ける。いくら橋を貸し切りにしても、これじゃ月見デートにはならないと思わない？　泉は映一の目を見て笑った。

「彼のことばっかり見てたら、今度は月の姫に祟《たた》られるわよ」

玉姫に言われ、泉と映一は天を仰《あお》いだ。

人工の明かりに遮《さえぎ》られ、星はあまり見えないけれど、月は冴《さ》え冴《ざ》えと輝いている。

「泉、先生。ありがとう」

ふいに言われ、泉はきょとんと玉姫の顔を見た。

「いっしょに遊べて楽しかったわ」

「楽しかったよ」

玉姫の隣で、聖も言った。

「なにそれ？　まさか、もう逢えないなんてこと……」

「いつでもここにいるけど、いつまでもこんなふうに人間の世界に留《とど》まってはいられないの」

泣きそうな目をする泉に、映一がそっと肩を抱き寄せる。

「神さまは、用がすんだら自分の世界に帰るものなんだよ。ウルトラマンと同じで」

「ウルトラマン？」

正義の味方は、戦いがすむと自分の星に帰ったり地上での仮の姿に戻ったりして、人間の世界からは姿を消すと決まっている。怪獣《かいじゅう》を倒したあとも、いつまでも地球にウルトラマンがいたらなんとなくカッコ悪いし、かさばりそうだ。

「ありがたみもなくなるし、神々《こうごう》しくないでしょ」

「そう、我らは霊験《れいげん》あらたかな存在でなくてはならないゆえ、日常ではなく非日常であるべきなのだ」

聖が、神さまの口調に戻って厳《おごそ》かに言った。そのへんの女子高生と大学生みたいな姿で、神々しいとか霊験あらたかとか言われても……。泉は堪《こら》えきれず、小さく吹き出した。

「なによ？」

「神さまも嫉妬したり、恋で悩んだりするってわかって……嬉《うれ》しかったなって」

「それって皮肉？」

「え、ち、違うよ。褒《ほ》め言葉だよ」

「どこをどう褒めているんだ？」

聖にもつっこまれ、泉はあわてて言い訳をする。

「映みたいに、なんでもかんでも受け入れて平気な顔してるって、やさしいって言えば聞こえはいいけど、じっさいつまんなかったりするんだよね」

「そんなに縛《しば》られるのが好きなら、今度縛ってやろうか？」

映一がにやりと笑って言った。

「意味が違うよ。てか、おれそっちの趣味ない」

映一は泉の手首をつかみ、自分のほうへぐいと引き寄せる。そして、

「たった十分のあいだに、違う世界に行って浮気できる恋人を縛るには縄《なわ》や鎖《くさり》じゃ役に立たないだろ」

泉の左手の薬指にキスをした。

「心にもないこと言ってくれなくていいよ」

「神さまだって嫉妬するのに、俺にそういう感情がないと思ってるのか?」

「え…?」

泉は瞬《まばた》きをしながら映一を見た。

「子供を恋人にすると苦労するわね。先生」

玉姫が笑いながら、なにか小さなものを映一に渡した。

「人間はそういう道具を使って好きな人を縛るんでしょ?　しっかり縛ってやりなさい」

「これ……光ってるよ」

映一の手の中の指輪を見て、泉は瞳を輝かせた。

「あちらの姫君からのプレゼントよ」

玉姫が空を仰《あお》いだので、映一と泉も上を見た。それからもう一度、不思議な色に光る指輪を

見た。そう、この独特の淡く美しい光は……。

「まさか月の……？」

「似合うよ、きっと」

映一は、指輪を泉の左手の薬指にそっとはめた。

「夢みたい……」

夜見る夢と、心に抱《いだ》いていた夢。ふたつの意味をこめて、泉はつぶやいた。

「ってことで、あとは若いおふたりに任せて、私たちはそろそろ失礼するわ」

玉姫が言ったので、泉はあわてて腕をつかんだ。

「待ってよ。なにそれ？　見合いじゃないんだから。まだワインも開けてないし、最後までいっしょに…」

「特別に時間の延長サービスするから、先生とゆっくりデートなさい」

いつの間に開けたのか、玉姫がワインの注がれたグラスを泉と映一に渡してくれた。

「聖との仲を取り持ってくれたお礼よ」

「おれ、なにもしてないよ。ふたりは勝手に…じゃなくて、自然に仲よくなったんだろ」

玉姫はふっと微笑み、聖に寄り添った。少し照れながら、聖も満足そうな顔をしている。

「ねぇ……ここにいるんだよね。また逢えるよね」

「いい子にしてたらね」

「いい子って……おれ大学生だよ。高校生のくせに人のこと子供扱《あつか》い…」

言いかけて、泉ははっと気づく。そう、小娘の姿をしているけれど、この神さまは自分よりもずっと年上の女性だったのだ。

「泉よりは長く生きてるけど、私はおばあちゃんじゃないわよ。それより、冬休みの旅行、気をつけなさいよ」

「えっ……な、なにを!?」

焦《あせ》って訊《たず》ねる泉を無視して、玉姫は今度は映一を見る。

「先生は、温泉旅行で泉とエッチできて嬉しいでしょ?」

「おかげさまで」

神さまとどういう会話してるんだよ。泉は赤くなって映一をにらんだ。

「花巻《はなまき》温泉ってことは……目的は遠野《とおの》かな」

人がベッドでひとり悩んでいるときに、ケーキでお茶しながら、映一は神さまたちとなんの話をしていたんだろう。泉がふてくされた顔をしていると、聖がにやりと笑った。

「あれのメッカだな」

「な、なに……あれって?」

「泉は頭の中の制限の枠《わく》がはずれちゃってるから、見たくもないものも見ちゃうかもね」

「だから、見たくないあれってなにっ」

「神さまもピンからキリまで。魑魅魍魎《ちみもうりょう》もよりどりみどりってこと」

「……」

泉は蒼《あお》ざめた顔で固まった。

「楽しい旅になりそうだな」

「そんなぁ……」

情けない声を出す泉に、玉姫が言った。

「もう行かなくちゃ。あ、これはいただいていっていいでしょ？」

ちゃっかりとワインのボトルを抱《かか》えている玉姫に、映一は「もちろんです」と笑った。

玉姫と聖は顔を見あわせ、手をつないだ。

「また逢えるときまで、さよなら」

神々しく微笑みながら、ふだん着の神さまふたりは、瑠璃色《るりいろ》の闇に溶けるように映一と泉の前から消えていった。

街の灯《ひ》は見えるのに、車の音も電車の音もかき消されたように聞こえない。ふたりきりになった橋の上には、川の流れる音と草木が風にざわめく音、そして秋の虫の声だけが届けられてくる。

「まったく……ルナティックだな」

大きな満月を仰ぎながら、映一が言った。

「ほんと……イカれてるよね。おれたち」

「ルナティックの本来の意味、知ってるか？」

「狂う……じゃないの？」

薬指で白く光る指輪を見ながら、泉はうっとりと言い、

「すなわち、神に近づくってことなのさ」

映一は得意げに言って、ワイングラスを月に掲《かか》げた。

その向こうで、マンションの窓に明かりが灯るのが見えた。

五階の、ふたりの部屋。カーテン越しの背の高いシルエットが誰なのか、彼にそっと寄《よ》り添《そ》ったのが誰なのか。そして、今自分たちのいる時間が、いつどこの満月の夜なのか……考える必要などなかった。

4

あれは夢だったのか現実だったのか……。

貸し切りの玉姫橋《たまひめばし》の上、満月の光とワインに酔いながら、映一《えいいち》と何度もキスをし、そして抱きあった。

目覚めると、寝室のベッドで映一といっしょに寝ていた。

愛しあった余韻《よいん》が、夢の残骸《ざんがい》のようにそこかしこに散らばっている。

そして、映一が残した心地《ここち》好いけだるさが身体をやさしく包み込んでいた。

「んー……」

泉《いずみ》は猫のように伸《の》びをし、ふうっとため息をついた。

視線の先、映一の足元には、カニタマが丸くなって眠っている。

夢と現《うつつ》。あちら側とこちら側。覚醒《かくせい》した意識がまどろみとともに混濁《こんだく》するように、境界線があやふやになっている。

どんな色を合わせて作ったか知っていても、混ざりあった絵の具を再び分けることができないように、曖昧《あいまい》になった境界線はもとには戻らない。

見えなかったものが見えるようになってしまうように、往《い》き来《き》すればするほど本当はどこにもないラインが透明に近づいていく。

境界線の向こうへと神さまは帰っていったけれど、きっと逢いたいと思えば、いつでも夢の中で逢える。夢はもうひとつの現実で、けして自分から切り離されたべつの国じゃない。

「……だよね？」

映一の前髪をそっとなでたら、目を覚ましてしまった。

「気分は？」

映一は横たわったまま、カニタマにするみたいに泉の喉《のど》を指でくすぐった。

泉は「顔見てわからない？」と悪戯《いたずら》っぽく言った。

「満足していただけて恐悦《きょうえつ》至極《しごく》」

「あ……」

泉は小さく声をあげ、それからくすっと笑った。

自分の左手の薬指に、昨夜《ゆうべ》の出来事が夢でなかった証拠を見つけた。でも、玉姫がくれた月の指輪は、映一がエリゼのケーキの箱に水引《みずひき》としてつけた金色のリボンに変わっていた。

「神さまって、ずいぶん可愛《かわい》い悪戯するんだね。なんか、狐《きつね》にもらったお金が本当は葉っぱだった……みたいじゃない？」

泉が左手を見せると、映一が握りしめてきた。

「本物、買ってやろうか？」

泉は首を横に振った。

映一が薬指につけてくれた印は、目に見えなくてもここにある。

世界は心のアートみたいなものだけど、けして書《か》き割《わ》りの絵じゃない。生まれてきた意味を映し出すための真っ白なキャンバスだから、思いっきりきれいな色を使って描いていこう。

でも、とりあえず……。

「朝ごはん、なに食べたい？」

「もうちょっと眠ろう」

映一に手を引かれ、泉はそのまま隣に倒れ込んだ。

「先生、一限から講義あるのわかってる？」

一応怒ってみせながら、泉は眠そうな恋人に顔を近づける。

二度寝を楽しみながら、朝食のメニューと、新しい一日をどんな色にするか考えよう。

とりあえず、いちばん好きな人とキスしてから……。

あとがき

松前侑里

なんと、この本がディアプラス文庫では七冊目、通算十冊目の本となりました。

本を出す速度や量は人によって様々だと思いますが……私の場合、やっと十冊？　それとも、もう十冊？　きっと両方ですね。どちらにしても、根気《こんき》がなくひとつのことを長くつづけられない私にしては記念すべき、そしてミラクルな数字だと思います。

さて、この世の中には不思議なことがいろいろありますが、じっさいに不思議な体験をされたことってありますか？

私自身は超常現象とか怪奇現象みたいなものは未経験なのですが、ＵＦＯを見たり幽霊《ゆうれい》に会ったりする人が身近にいるので、話だけはよく聞きます。

世話好きな人は霊にも頼られることが多いそうで、私などは自分勝手な性格が幸いしているのかもしれません。幽霊って、ちゃんと人を選んで取《と》り憑《つ》くんですね。

ＵＦＯなんかも、本人に受け入れる準備ができていないと見えないらしいです。存在を信じているので、そう言われるとちょっと悔しい気もするのですが、異星人と遭遇する心の準備がないことはたしかなので、これまた見えなくて幸いと思うことにします（負け惜しみ大会）。

そんなわけで、この類《たぐい》の体験には縁がない私ですが、不思議な偶然にはよく出会います。

劇場で余ったチケットをあげた方が主人公に関係のある職業で業界話を聞けたとか、久しぶりに連絡してきた同級生が取材したい土地に引っ越していたとか、家族の来客が知りたかったことの専門家だったとか……タイミングよく現れた人に仕事をサポートしてもらったことが何度もあります。

それから、小説に書いたものが現実に現れるということもけっこうあります。なぜか高額なものはないのですが（残念！）、登場させた店のケーキをお隣の方にいただいたり、主人公の好きな動物の絵が描かれた絵葉書やキャラクターグッズが届いたり……。こういうことは、「絶対に完成させられない」とか「違う話を書き直したい」とか、自信がなくなって逃避願望に襲われているときに起きることが多いです。

私はそれを「大丈夫だからつづけなさい」というメッセージだと解釈して、逃げずに書き進めることにしています。なぜそう思うかというと、見た瞬間に気持ちが元気になるからです。そして、放り出して逃げたいくらい進まなくなっていた話が、大丈夫と思えたときから少しずつ動きだし、気がつくと完成しているのです。

じつはこれ、仕事に集中しているときに起きるシンクロニシティというやつで、そんなに摩《ま》訶《か》不《ふ》思《し》議《ぎ》なことではないそうです。でも、私は勝手に〝小説の神さまの励《はげ》ましコール〟と呼んでありがたがっております。

でも、小説の神さまって、いつ降りてきてくれるかさっぱりわからないんですよね。

途中で助けてくれるなら、最初から簡単にできるようにしてくれればいいのに……とか、それよりも売れる話を書かせてくれればいいのに……などと思ったりして。

ともあれ、不思議な現象はこの程度がよいでございます。あまりにも奇想天外なことが起きるのはこわいし（と言いつつ主人公をこわい目に遭《あ》わせる）、私にとっては、自分の小説が本になっているということだけでもじゅうぶん不思議な体験ですから。

というわけで、今回もたくさんの方々にご尽力《じんりょく》いただき、こうしてまた本をお届けすることができました。

イメージぴったりの素敵なイラストを描いてくださったあとり硅子《けいこ》先生、隅から隅までお世話になりっぱなしの新書館の皆々さま、本当にありがとうございました。

そして、私の書いたものを読んでくださる、ありがたくもミラクルな存在である読者さま、心から感謝しています。カニタマ本で、少しでも幸せになっていただけたら嬉《うれ》しいです。

次回は秋にお目にかかれる予定ですが、なに本になるかは秘密です。とか言ってみたいのですが、じつはまだプロットが真っ白で予告できないのでした。

小説の神さまは気まぐれなので、無事に本が出るように祈っていてください。もちろん私も祈ります。いえ、書きます。これが終わったらすぐに書き始めます（墓穴《ぼけつ》職人）。

最後までおつきあいありがとうございました。

楽しい夏を。そして、風が涼しくなる頃、元気に再会できますように……。

D E A R + N O V E L

そのとき、ぼくはとうめいになる

その瞬間、僕は透明になる

この本を読んでのご意見、ご感想などをお寄せください。
松前侑里先生・あとり硅子先生へのはげましのおたよりもお待ちしております。
〒113-0024 東京都文京区西片2-19-18 新書館
[編集部へのご意見・ご感想] ディアプラス編集部「その瞬間、僕は透明になる」係
[先生方へのおたより] ディアプラス編集部気付 ○○先生

初 出
その瞬間、僕は透明になる：小説DEAR+ Vol.9 (2002)
月夜のオアシス：書き下ろし

新書館ディアプラス文庫

著者：**松前侑里** [まつまえ・ゆり]
初版発行：**2003年 6 月25日**

発行所：**株式会社新書館**
[編集] 〒113-0024 東京都文京区西片 2-19-18 電話(03)3811-2631
[営業] 〒174-0043 東京都板橋区坂下 1-22-14 電話(03)5970-3840
[URL] http://www.shinshokan.co.jp/
印刷・製本：**図書印刷株式会社**

定価はカバーに表示してあります。乱丁・落丁本はお取替えいたします。
ISBN4-403-52072-3

S H I N S H O K A N

ピュア1/2

ぴゅあにぶんのいち

両親の不倫、従兄弟《いとこ》の崇《たかし》の秘密を知ってしまった唯《ゆい》。彼らを好きでいるため、心の中に悪い子の自分を作り出すが……。

イラスト＊あとり硅子

地球がとっても青いから

ちきゅうがとってもあおいから

彗《けい》の前に父の隠し子だという美少女・アヤが現れた——!!　だが、「お兄様」と微笑《ほほえ》むアヤは、実は妹ではなく弟で……!?

イラスト＊あとり硅子

猫にGOHAN

ねこにごはん

奥さんに離婚されそうになってる男の人——それが奈津《なつ》の好きなタイプ。そんな奈津が理想の人に出逢ったら……？

イラスト＊あとり硅子

その瞬間、僕は透明になる

そのとき、ぼくはとうめいになる

突然別の世界に放り出されてしまった泉《いずみ》。恋人の映一《えいいち》は自分のことを知らないばかりか全く違う性格で……。

イラスト＊あとり硅子

ディアプラス文庫

定価各：本体560円＋税

松岡なつき
Natsuki MATSUOKA

「サンダー&ライトニング」
「サンダー&ライトニング②カーミングの独裁者」
「サンダー&ライトニング③フェルノの弁護人」
「サンダー&ライトニング④アレースの娘達」
「サンダー&ライトニング⑤ウォーシップの道化師」
イラスト／カトリーヌあやこ
「30秒の魔法①②」
イラスト／カトリーヌあやこ

松前侑里
Yuri MATSUMAE

「月が空のどこにいても」
イラスト／碧也ぴんく
「雨の結び目をほどいて」
「雨の結び目をほどいて2 空から雨が降るように」
イラスト／あとり硅子
「ピュア$1/2$」
イラスト／あとり硅子
「地球がとっても青いから」
イラスト／あとり硅子
「猫にGOHAN」
イラスト／あとり硅子
「その瞬間、僕は透明になる」
イラスト／あとり硅子

真瀬もと
Moto MANASE

「スウィート・リベンジ【全3巻】」
イラスト／金ひかる

月村 奎
Kei TSUKIMURA

「believe in you」
イラスト／佐久間智代
「Spring has come!」
イラスト／南野ましろ
「step by step」
イラスト／依田沙江美
「もうひとつのドア」
イラスト／黒江ノリコ
「秋霖高校第二寮①②」
イラスト／二宮悦巳
「エンドレス・ゲーム」
（この本のみ定価650円＋税）
イラスト／金ひかる

ひちわゆか
Yuka HICHIWA

「少年はKISSを浪費する」
イラスト／麻々原絵里依
「ベッドルームで宿題を」
イラスト／二宮悦巳

日夏塔子
Tohko HINATSU

「アンラッキー」イラスト／金ひかる
「心の闇」イラスト／紺野けい子
「やがて鐘が鳴る」イラスト／石原 理
（この本のみ定価680円＋税）

前田 栄
Sakae MAEDA

「ブラッド・エクスタシー」
イラスト／真東砂波
「JAZZ【全4巻】」イラスト／高群 保

たかもり諫也 Isaya TAKAMORI

「Tears Roll Down 全6巻」①④=◆ ③⑤⑥=☆ イラスト:影木栄貴
「百年の満月①②」①=★ イラスト:黒井貴也

津守時生 Tokio TSUMORI

「三千世界の鴉を殺し①～⑦」①～③⑥⑦=☆ ④⑤=★ イラスト:古張乃莉(①～③は藍川さとる名義)

前田 栄 Sakae MAEDA

「リアルゲーム」★
「リアルゲーム② シミュレーションゲーム」★ イラスト:麻々原絵里依
「ディアスポラ①～③」○ イラスト:金ひかる

麻城ゆう Yu MAKI

「特捜司法官S-A①」イラスト:道原かつみ
「月光界秘譚① 風舟の傭兵」★
「月光界秘譚② 太陽の城」☆
「月光界秘譚③ 滅びの道標」☆
「月光界秘譚④ いにしえの残照」☆ イラスト:道原かつみ
「月光界・逢魔が時の聖地①」イラスト:道原かつみ

松殿理央 Rio MATSUDONO

「美貌の魔都 月徳貴人 上・下巻」上巻=◇ 下巻=◆ イラスト:橘 皆無

真瀬もと Moto MANASE

「シャーロキアン・クロニクル① エキセントリック・ゲーム」★
「シャーロキアン・クロニクル② ファントム・ルート」☆
「シャーロキアン・クロニクル③ アサシン」
「シャーロキアン・クロニクル④ スリーピング・ビューティ」▼
「シャーロキアン・クロニクル⑤ ゲーム・オブ・チャンス」◇
「シャーロキアン・クロニクル⑥ コンフィデンシャル・パートナー」▽ イラスト:山田睦月
「廻想庭園 全4巻」①=◇ ②③=▼ ④=◎ イラスト:祐天慈あこ

結城 惺 Sei YUKI

「MIND SCREEN①～⑥」②=◇ ③⑥=☆ ⑤=○ イラスト:おおや和美

定価:本体600円(★=本体580円 ☆=本体590円 ○=本体620円 ◆=本体630円 ◇=本体640円 ▼=本体650円 ◎=本体660円 ▽=本体680円)※別途消費税が加算されます。